睦月影郎

美女アスリート淫ら合宿

実業之日本社

実業之日本社文庫

美女アスリート淫ら合宿　目次

美女アスリート淫ら合宿

第一章　女だらけの蜜室《みっしつ》に潜入

1

「わあ、写真では見ていたけど、イメージにピッタリの人だわ」

百合香《ゆりか》が目を輝かせて藤夫《ふじお》に言い、彼は美女に見つめられてモジモジと眩《まぶ》しげに視線を落とした。

「あの、編集長からは、スポーツが苦手なタイプを探していると聞きましたが」

「ええ、アスリートの女の子たちはスポーツマンに憧れているから、運動が嫌いな人の方が気が散らないので」

「ああ、そういうことでしたか」

藤夫も納得し、少し気が楽になった。

百合香はスラリとした長身にショートカット、ジャージ姿だから巨乳の膨らみや尻の丸みがはっきり見え、濃い眉に切れ長の目が何とも気が強そうで、藤夫はこんな美熟女に初体験を手ほどきされたいと密《ひそ》かに思って股間を熱くさせてしまった。

ここは北関東の外れにあるスポーツ施設で、二十五歳になるフリーライターの三輪《みわ》藤夫は女子大生の合宿に、雑用のバイトとして来ていた。

何しろ運動会がこの世で一番嫌いで、今は雑誌ライターをしながら細々と生活していた。色白で小太り、しかも二十五歳になっても童貞で、風俗すら未体験であった。

山尾《やまお》百合香は、確か三十九歳のバツイチで新体操のコーチ。そして大学一年生になる十八歳の娘、明日香《あすか》もこの合宿に参加している将来有望な選手ということだった。

この施設は、廃校になった小学校を利用して作られ、全国から合宿の申し込みがあるらしい。

体育館はあるし、校舎も大幅な改装がなされ、宿泊所や大浴場もあり、今日から一週間、精鋭選手による強化合宿が行われるのだ。

メンバーは百合香と、近所から通っている賄いの主婦で三十歳の森奈津美《もりなつみ》、あとは明日香を含む四人の女子大生という少人数である。

藤夫は単なるバイトではなく、女子大生の合宿の様子を取材してこいとの編集長の命令であった。

「じゃ、みんなに紹介するわね」

百合香は藤夫に言って立ち上がり、渡り廊下で繋《つな》がっている体育館に移動した。

途中、厨房《ちゅうぼう》にいる賄いの奈津美に挨拶した。

「よろしく。嫌いなものはない？　ビールやお酒も揃《そろ》ってるから安心してね」

「ええ、あんまり飲めないんですけど」

藤夫は、笑顔で気さくに言う奈津美に答えた。セミロングの髪を束ね、小柄だが胸も尻もボリュームがあり、元気いっぱいの新妻であった。

やがて体育館に移動して中に入ると、中では四人の女子大生が新体操の練習をしていた。

藤夫は、中に籠もる甘ったるい濃厚な匂いに衝撃を受けた。

女子大生たちの汗や体臭、髪や足の匂い、それに吐息から股間の匂いまで何もかも混じり合った成分が、密閉された体育館内に充満していたのだ。

（うわ……、抜きたい……）

思わず藤夫は思ってしまった。躍動美溢《あふ》れる四人の女子大生を抱きたい、と思う前に、今ここでオナニーしたい、と思うのは、やはり彼がまだシャイな童貞だからなのだろう。

「はい、注目！」

百合香が手を叩《たた》いて声を上げると、四人も練習を中断してこちらに駆け寄って整列した。

汗が煌《きら》めき、息を弾ませている彼女たちの何と魅惑的なこと。

レオタードの腋《わき》や胸元にもジットリと汗が沁《し》み込み、ボディラインもはっきりして、健康的な脚がニョッキリとして躍動感に満ちていた。中には股間の割れ目までクッキリ見えている子もいる。

女だけだったから、特に気にしなかったのだろうが、四人は藤夫を見ても、特に緊張した様子はないから、単にダサい男が来たと思ったのだろう。

「今日からバイトに来た三輪藤夫さんです」

百合香にいわれ、藤夫も頭を下げて自己紹介した。

「三輪です。みんなが目指している五輪でなくて済みません」

来る途中に車内で考えていたギャグを飛ばすと、四人は少し間を置いてから軽やかな笑い声を立ててくれた。

（わあ、いい子たちだ。それにみんな美しい……）

藤夫が思うと、四人も自己紹介した。

「キャプテンで三年生の佐倉杏里《さくらあんり》です」

「二年生の小野咲枝《おのさきえ》です」

「一年生の上原涼子《うえはらりょうこ》です」

「一年生の山尾明日香です」

みな歯切れ良く言った。

杏里が二十一歳。咲枝が二十歳、涼子はもう十九になり、百合香の娘の明日香はまだ十八歳だった。

みな長い黒髪を束ね、杏里は腹筋が浮かんで精悍《せいかん》そうなくノ一を思わせ、咲枝はツンとしたお嬢様風で、涼子は洋風の顔にソバカス、明日香は最も可憐《かれん》で笑窪《えくぼ》と八重歯が愛らしかった。

さすがに四人ともプロポーションが良く、胸も尻もそれなりの膨らみを持ちはじめていた。

四人とも床運動が専門なのでチームプレイはなく、特に百合香の目に適《かな》った精鋭が集められたようだ。

「じゃ練習を続けて」

百合香が言うと、四人はタオルで汗だけ拭き、すぐ各ポジションに戻り、柔軟体操や倒立、バク転の練習を再開した。

明日香も、コーチの娘だから依怙贔屓《えこひいき》で参加しているわけではなく、連続のバク転は実に切れが良く藤夫は見惚《みと》れてしまった。

「じゃ藤夫くんは奈津美さんに指示を仰いでね。用がないときは、ここの片隅で取材して構わないわ。彼女たちには、男性に見られることも必要だから。でも写真は禁止で」

「分かりました。でも僕なんかに見られても何とも思わないでしょうね」

「いるといないじゃ全然違うわ」

「そうですね……」

とにかく魅力的な男のうちには入れてもらえないだろうから、藤夫は特に失望もせず、コーチに戻った百合香に一礼して体育館を出た。

それでも藤夫は、今夜からのオナニーは充実するだろうと思った。

渡り廊下から建物に入り、厨房を覗《のぞ》くと、ちょうど奈津美も一段落したようだった。

「あ、お部屋はこっちね」

彼女が、すぐに言って出て来たので、藤夫は廊下に置いておいたリュックを手に、案内された部屋に入った。

中は畳敷きの八畳で、隅に布団が畳まれていた。校舎だった面影はなく、黒板もスピーカーもない。窓の外は、元校庭だった駐車場と、裏の山々が真夏の陽射《ひざ》しを受けていた。

館内は全てエアコンが効いているので快適で、荷物を置いた藤夫は、さらに奈津美にトイレや風呂、食堂を案内された。

大浴場は、掃除した直後らしいが、それでも彼女たちの甘ったるい匂いが悩ましく立ち籠めていた。洗い場は広く、浴槽も五人ばかりがいっぺんに浸かれるぐらい大きかった。

脱衣室の隅には洗濯機が置かれ、今も電源が入って回り、すぐ裏口から出て庭に干せるようになっていた。

「洗濯物は、勝手に洗濯機に入れていいわ」

奈津美が言う。

「え？　でも……」

「あの子たちは、全く気にしないと言っていたから大丈夫」

彼女の言葉に、自分の洗濯物を入れる際に女子大生たちの下着を嗅ぐチャンスもあるかも知れないと思うと、藤夫は勃起してきてしまった。

女子大生四人は合同の大部屋で、百合香は藤夫のように個室だった。

（か、嗅ぎたい……）

藤夫は、チラと見た彼女たちの部屋を見て思った。きちんと布団が畳まれ、枕が置いてあったが、きっとどれにも彼女たちの悩ましい匂いが沁み付いていることだろう。

彼は中高大学と、どれも可愛《かわい》い女子に声をかけようとかセックスしようとかいうより、靴や服や、出来れば下着などを嗅いでオナニーしたいという願望の方が強かったのだ。

二浪して大学に入って一人暮らしをし、卒業してフリーライターになり一年が経《た》った。出来れば作家になりたいが、正式にどこかの出版社に入って編集をするのも良い。

まだ将来の方針ははっきり決まらず、とにかく当面は女体を知り、十代からの念願のファーストキスもしたかった。

もちろんバイト代を貯《た》めて風俗へ行くことも考えたのだが、やはり年中入浴して無味無臭の風俗嬢にはあまり興味がなく、ためらっている間に二十五歳になってしまった。

それが、ここでは女子大生たちのナマの匂いが濃厚に感じられるではないか。

どうせ新体操の技の向上に夢中な彼女たちと恋愛関係などは持てないだろうから、せめてオナニーライフを充実させたかったのだった。

2

「どうだった？　第一日目は。合宿中ずっと続きそうかしら」

夜、藤夫は百合香の部屋に呼ばれて言われた。

「ええ、もちろん大丈夫です。奈津美さんの手伝いも楽だし、今まで知らない世界だったので興味深いです」

彼は答え、室内に籠もる美熟女の体臭にゾクゾクと胸を震わせた。

奈津美は車で帰宅し、女子大生四人は入浴中だ。夕食後は自由なので、もう百合香も関知していないらしい。

藤夫は夕食前にシャワーを済ませ、夕食後は奈津美と一緒に片付けをした。

そして奈津美が帰ると部屋に引き上げて、Tシャツと短パン姿になって布団を敷いた。

そろそろ楽しみだったオナニーをしようと思った矢先、百合香に呼ばれたのである。

百合香も布団を敷き、ジャージではなくタンクトップに短パン姿だった。

やはり合宿に使うことがあるので、固定ベッドではなく和室に布団の部屋が多いらしい。

百合香は現役を退いてから明日香を生み、肉づきが良くなって脂が乗ってきたようだ。白い太腿《ふともも》はムッチリとして、タンクトップの膨らみにも乳首の在処《ありか》がぽっちりと見えているではないか。

しかも入浴は最後らしく、まだ甘ったるい汗の匂いを漂わせていた。

「いま付き合っている彼女はいるの？」

と、百合香が唐突に訊《き》いてきた。

「い、いません。今まで誰も……」

藤夫が正直に答えると、百合香が目を丸くした。

「まあ、じゃ素人《しろうと》童貞？」

「いえ、プロも知らないので、正真正銘の童貞です。女子と手をつないだのは、高校のフォークダンスだけで、まだキスした経験もないです」

「そう……、でも知りたいでしょう。オナニーは？」

「ひ、日に二回か三回です……」

藤夫は、美女がオナニーなどという言葉を使ったのでドキリとしながらモジモジと答えた。

しかし百合香は体育大学を出ているから、保健体育の専門家なのだ。

「そんなに……。じゃ、今日はもう？」

「いいえ、してません。これからゆっくりしようかと……」

藤夫も、すっかり彼女のペースに巻き込まれて大胆に答えた。

「じゃ、私が教えてもいい？　それとも一回り以上年上は嫌？」

彼女が言い、藤夫はまたドキリと胸を高鳴らせて慌てて首を振った。

「い、嫌じゃないです。最初に見たときから、この人に教わりたいって……」

言いながら藤夫は、夢でも見ているように心身がフワフワとし、期待と興奮で目眩《めまい》さえ起こしそうになってしまった。

「そう、じゃ脱いでここに寝て」

「い、いいんですか……」

「ええ、ある程度欲求を解消しておかないといけないわ」

百合香は答えながら、自分もタンクトップを脱ぎはじめた。

もちろん藤夫の性欲で彼女たちが心配というより、女子たちをコーチする毎日ばかりで、バツイチの熟れた肉体が疼《うず》いているのだろう。

藤夫も緊張しながらTシャツを脱ぎ、下着ごと短パンを下ろしてしまった。

百合香も、タンクトップを脱ぐと、見事な巨乳がぶるんと弾《はじ》けるように露《あら》わになり、さらに短パンも脱ぎ去られた。

藤夫が全裸で布団に横たわると、一糸まとわぬ姿になった百合香もにじり寄って、まず彼の股間に熱い視線を注いできた。

「すごい勃《た》ってるわ。綺麗《きれい》な色……」

屈《かが》み込んで近々と見ながら囁《ささや》き、とうとう指を這《は》わせてきたのだ。

「あう……」

生まれて初めて触れられた感触に呻《うめ》き、彼はヒクヒクと幹を震わせた。

やはり緊張があるから完全勃起ではなく、彼女が包皮を剝《む》くと光沢ある亀頭がクリッと露出した。

すると、とうとう彼女が顔を寄せて舌を伸ばし、粘液が滲《にじ》みはじめた尿道口をチロチロと舐《な》め回しはじめたのだ。

「く……」

藤夫は激しい快感に呻き、懸命に肛門《こうもん》を引き締めて暴発を堪《こら》えた。

まさか女性に初めて触れられたのがペニスで、ファーストキスをする前に舐めてもらったのである。

百合香は幹に指を添えながら亀頭をしゃぶり、丁寧に幹の裏側を舐め降りて陰《いん》嚢《のう》にも舌を這わせてきた。

「アア……」

ここも妖しい快感があり、彼女は舌で二つの睾丸《こうがん》を転がし、袋全体を生温かな粘液にまみれさせた。愛撫《あいぶ》というより、まるで無垢《むく》なペニスを観察し、健康体かどうか検査しているようだった。

そして再び肉棒を舐め上げ、今度はスッポリと呑《の》み込んできたのである。

生温かく濡《ぬ》れた口の中に根元まで納めると、百合香は熱い鼻息で恥毛をそよがせ、幹を丸く締め付けて吸い、口の中ではクチュクチュと舌が滑らかにからみついてきた。

「い、いきそう……」

藤夫は腰をよじって絶頂を迫らせ、声を上ずらせて警告を発した。

「まあ、もう？」

百合香がスポンと口を離して言い、

「いいわ、一度出しちゃいなさい。続けて出来るでしょうし、その方が落ち着くから」

もう一度深々と含んでいった。

今度は顔を小刻みに上下させ、濡れた口でスポスポと摩擦してくれたので、

「アア……、い、いく……！」

たちまち藤夫は昇り詰めて声を上げた。

本当は、少しでも長く快感を味わっていたかったのだが、あまりに強烈な愛撫にひとたまりもなく、あっという間に絶頂に達してしまったのだ。

同時に、熱い大量のザーメンがドクンドクンと勢いよくほとばしった。

「ク……、ンン……」

喉の奥を直撃された百合香が小さく呻き、それでも濃厚な摩擦と吸引を続行してくれた。

「あう……！」

射精して美女の最も清潔な口を汚すという、申し訳ない気持ちも快感に拍車をかけ、藤夫は下からも股間を突き上げながら、心置きなく最後の一滴まで出し尽くしてしまった。

それはオナニーの何百倍の快感であったろうか。

「アア……」

全て出し切った彼は声を洩《も》らし、すっかり満足しながらグッタリと身を投げ出していった。

ようやく百合香も動きを止め、亀頭を含んだまま口に溜《た》まった大量のザーメンを、ゴクリと一息に飲み干してくれたのだ。

「あう……」

飲んでもらうという生まれて初めての感激と、喉が鳴ると同時にキュッと口腔《こうこう》が締まり、彼は駄目押しの快感に呻いた。

百合香がスポンと口を離し、なおも余りをしごくように幹を擦りながら、尿道口に脹《ふく》らむ白濁の雫《しずく》まで丁寧にペロペロと舐めて綺麗にしてくれた。

「く……、ど、どうか、もう……」

藤夫は射精直後で過敏になっている幹を震わせ、降参するようにクネクネと腰をよじって言った。

やっと彼女も舌を引っ込めると、淫らに舌なめずりし、

「やっぱり若いのね。すごく濃くて多かったわ」

言いながら添い寝してきた。

「さあ、すっきりしたでしょう。回復するまで好きなようにしていいわ」

百合香が囁くので、藤夫は甘えるように腕枕してもらい、巨乳に顔を押し付けていった。

チュッと乳首に吸い付くと、

「アア……、いい気持ち……」

百合香が熱く喘《あえ》ぎ、うねうねと熟れ肌を波打たせはじめた。

甘ったるい汗の匂いに混じり、彼女の吐息が肌を伝って藤夫の鼻腔を刺激して

きた。

百合香の湿り気ある吐息にザーメンの生臭さは残っておらず、白粉《おしろい》のように甘い刺激が含まれ、うっとりと鼻腔を搔《か》き回した。

彼はコリコリと硬くなった乳首を舌で転がし、もう片方にも指を這わせながら顔中を巨乳に押し付けて感触を味わった。

3

「今まで、してみたかったことがいっぱいあるでしょう。何でもして……」

百合香が悶《もだ》えながら言い、藤夫も左右の乳首を交互に含んで舐め回した。

そして彼女の言葉に勇気づけられ、羞恥を乗り越えて積極的に行動を起こしはじめた。

両の乳首を味わい尽くすと、彼は百合香の腕を差し上げ、生ぬるくジットリ湿った腋の下にも鼻を埋め込んでいった。

そこは何とも甘ったるい汗の匂いが濃厚に籠もり、うっとりと彼の胸を酔わせてきた。

「あう、汗臭いでしょう。急いでシャワー浴びてくるわ……」

百合香が、くすぐったそうに身をよじりながら、思い出したように言った。

どうやら彼を部屋に呼んだ興奮に夢中で、すっかり汗ばんでいることを忘れていたようだった。

まして大浴場は、いま四人が使用しているのである。

「いえ、どうかこのままで……」

藤夫は熟れた体臭に包まれながら言い、充分に胸を満たしてから腋の下にも舌を這わせた。感じるたび、百合香の熟れ肌がピクンと敏感に反応し、さらに濃い匂いが漂った。

そのまま彼は滑らかな肌を舐め降り、百合香も仰向《あおむ》けの受け身体勢になっていった。

藤夫は形良い臍《へそ》を舐め、腹部に顔中を押し付けて心地《ここち》よい弾力を味わった。

さすがに元選手だけあり、脂肪の中に逞《たくま》しい筋肉が秘められているようだ。

下腹はピンと張り詰め、そこも心地よい弾力に満ちていた。

しかし股間に向かわず、彼は豊満な腰のラインからムッチリした太腿へ降りていった。

何しろ射精したばかりだから、肝心な部分は後回しにしたかったのだ。もし股間に行ったら、すぐ舐めたり嗅いだりして入れたくなり、またあっという間に済んでしまうことだろう。

それに百合香が好きにして良いと言っているので、この際だから全身隅々まで味わいたかったのである。

スラリとした脚を舐め降り、丸い膝小僧から脛《すね》へ降りると、どこもスベスベの舌触りで無駄毛は感じられなかった。

足首まで降り、足裏に回って踵《かかと》から土踏まずを舐めても、百合香は拒まずに、じっと身を投げ出しながら息を弾ませていた。

形良く揃った足指の間に鼻を割り込ませて嗅ぐと、そこは生ぬるい汗と脂にジットリ湿り、蒸れた匂いが濃厚に沁み付いていた。

藤夫はムレムレの匂いを貪り、爪先にしゃぶり付いて順々に指の股に舌を挿し入れて味わった。

「あう、ダメ、汚いのに……」

百合香が驚いたようにビクッと反応して呻き、それでも好きなようにさせてくれた。藤夫は貪り尽くすと、もう片方の爪先もしゃぶり、味と匂いが薄れるほど堪能《たんのう》したのだった。

そして股を開かせ、脚の内側を舐め上げながら顔を股間に進めていった。

白く滑らかな内腿をたどって熱気と湿り気の籠もる中心部に迫り、初めて見るナマの女性器を観察した。

ふっくらした丘には黒々と艶のある恥毛が程よい範囲に茂り、肉づきが良く丸みを帯びた割れ目からはみ出す陰唇は綺麗なピンク色で、すでにヌラヌラと大量の蜜に潤っていた。

そっと指を当てて左右に広げると、微《かす》かにクチュッと湿った音がして、中身が丸見えになった。

中もヌメヌメと潤うピンクの柔肉で、かつて明日香が産まれ出てきた膣口《ちつこう》は、花弁のような襞《ひだ》が入り組んで妖しく息づき、ポツンとした小さな尿道口もはっきり確認できた。

そして包皮の下からは、小指の先ほどもあるクリトリスが、真珠色の光沢を放ってツンと突き立ち、良く見るとペニスの亀頭をミニチュアにしたような形をしていた。

ネットの裏サイトなどでは女性器を見たことがあるが、やはり生身を直《じか》に見るという興奮は格別であった。

「ああ……、そんなに見ないで……」

百合香が、彼の熱い視線と息を感じ、白い下腹をヒクヒク波打たせて言った。

もう藤夫も堪《たま》らず、吸い寄せられるようにギュッと顔を埋め込み、柔らかな茂みに鼻を擦りつけて嗅いだ。

隅々には、腋に似た甘ったるい汗の匂いと、蒸れたオシッコの匂いもほんのり混じり、悩ましく鼻腔を刺激してきた。

「いい匂い……」

「あう……！」

嗅ぎながら思わず言うと、百合香が羞恥に呻き、内腿でムッチリときつく彼の両頬を挟み付けてきた。

藤夫も豊かな腰を抱え込みながら、舌を挿し入れていった。

陰唇の内側を探り、柔肉を舐めると淡い酸味のヌメリが舌の動きを滑らかにさせた。

膣口の襞をクチュクチュ掻き回して味わい、ゆっくりクリトリスまで舐め上げていくと、

「アアッ……！」

彼女がビクッと顔を仰《の》け反《ぞ》らせて声を上げ、内腿にキュッと強い力を込めた。

やはりクリトリスが最も感じるようで、藤夫は自分のような拙い愛撫で大人の女性が喘ぐことが嬉《うれ》しかった。

彼はクリトリスに吸い付き、上の歯で包皮を剝いてチロチロと舌先を上下左右に蠢《うごめ》かせて弾《はじ》き、溢れる愛液をすすった。

さらに藤夫は百合香の両脚を浮かせ、見事な逆ハート型をした白く豊かな尻に迫った。

谷間を広げると、奥には薄桃色の蕾《つぼみ》が恥じらうようにキュッと閉じられ、鼻を埋め込むと双丘が心地よく顔中に密着した。

蕾には蒸れた微香が籠もり、彼は胸いっぱいに嗅いでから舌を這わせ、細かに収縮する襞を濡らしてヌルッと潜り込ませた。

「あう……！　い、いいのよ、そんなところ舐めなくて……」

百合香は呻いたが、やはり拒まず、モグモグと肛門で舌先を締め付けてきた。

藤夫が舌を蠢かせて滑らかな粘膜を探ると、鼻先にある割れ目からは、新たな愛液がトロトロと漏れてきた。

ようやく舌を引き離し、脚を下ろして再びクリトリスに吸い付くと、

「い、入れて、お願い……」

百合香が腰をくねらせ、声を上ずらせてせがんだ。

もちろん藤夫もすっかり回復し、ピンピンに元の硬さと大きさを取り戻していたので、身を起こして股間を進めていった。

急角度に反り返っている幹に指を添えて下向きにさせ、ヌルヌルになっている割れ目に擦り付けて潤いを与えながら位置を探った。

「もう少し下……、そう、そこよ、来て……」

百合香も僅かに腰を浮かせて誘導してくれ、彼が股間を押しつけると、張り詰めた亀頭が落とし穴にでも嵌《は》まり込んだようにヌルッと潜り込んだ。

「あう、奥まで……」

百合香が目を閉じて呻き、藤夫も潤いに任せヌルヌルッと根元まで挿入していった。彼は肉襞の摩擦と熱い潤い、締め付けと温《ぬく》もりに包まれながら股間を密着させて、とうとう童貞を捨てたのだという感激に包まれた。

「あ、脚を伸ばして……」

彼女が言って両手を回してきたので、藤夫もヌメリで抜けないよう股間を押し

つけながら、片方ずつ脚を伸ばして身を重ねていった。

「ああ、いいわ、奥まで感じる……」

百合香が熟れ肌を息づかせて喘ぎ、若い童貞のペニスを味わうようにキュッキュッと締め付けてきた。

中は上下に締まるのだなと藤夫は思った。陰唇を左右に広げるので、つい膣内も左右に締まるかと思っていたが、これは新鮮な発見だった。

実に心地よいが、さっき射精したばかりなので暴発の心配はなく、彼はじっくり初体験の感触を味わうことが出来た。

体重を預けると、胸の下で巨乳が押し潰れて心地よく弾み、恥毛が擦れ合い、コリコリする恥骨の感触まで伝わってきた。

「突いて。強く何度も、奥まで……」

彼女が熱い息で囁き、待ちきれないようにズンズンと股間を突き上げてきた。

藤夫も合わせて、ぎこちなく腰を遣いはじめたが、

「アア、もっと……！」

百合香が喘ぎながら、激しく動きはじめたので角度とリズムが合わず、途中でヌルッと抜け落ちてしまった。

「あう、焦らないで……」

百合香が快感を中断されて不満げに呻き、藤夫は再び挿入しようとした。しかし気負いと緊張で萎え気味になってしまい。

「済みません。上になって下さい……」

言って股間を引き離すと、彼女もすぐに身を起こし、藤夫は入れ替わりに仰向けになったのだった。

4

「まあ、小さくなりかけているわ。私が恐《こわ》いかしら？」

「い、いえ、すごく嬉しいんだけど緊張して……」

藤夫が答えると、百合香は愛液に濡れているのも構わず屈み込んで亀頭にしゃぶり付いてくれた。

「ああ……」

根元までスッポリ呑み込まれ、舌に翻弄されながら彼は喘ぎ、唾液にまみれたペニスがムクムクと膨張していった。

やがて充分な硬度を取り戻すと、百合香はチュパッと口を離した。

顔を上げて身を起こし、前進して跨《また》がると先端に割れ目を押し付け、位置を定めてゆっくり腰を沈み込ませてきた。

再び、屹立《きつりつ》したペニスはヌルヌルッと滑らかに根元まで嵌まり込んだ。

「アア……、すごい、奥まで届くわ……」

完全に座り込んだ百合香は、股間を密着させ顔を仰け反らせて喘いだ。

そして上体を起こしたまま、何度かグリグリと股間を擦り付けてから、ゆっくり覆いかぶさるように身を重ねてきた。

藤夫も両手を回してしがみつくと、

「膝を立てて……」

彼女が囁くので、両膝を立てて豊満な尻を支えた。

百合香は徐々に腰を遣いはじめ、滑らかな摩擦がペニスを包み込んだ。

今度は藤夫が仰向けで腰が固定されているため、股間を突き上げても抜け落ちる心配はなさそうだ。

大量に溢れる愛液が陰嚢の脇を伝い、生温かく肛門の方にまで流れてシーツに沁み込んでいった。

　すると、腰を動かしながら百合香が上からピッタリと唇を重ねてきた。

「う……」

　藤夫は柔らかな感触と唾液の湿り気を受け止めて呻き、ようやく経験したファーストキスに感激した。

　それにしても、互いの全てを舐め合い、挿入してから最後の最後にキス体験をするというのも妙なものだった。

　百合香は密着したまま口を開き、ヌルリと舌を潜り込ませてきた。

　彼も歯を開いて受け入れ、生温かな唾液に濡れた舌を舐めると、

「ンン……」

　彼女は熱く甘い息を弾ませて呻き、ネットリとからみつけてくれた。

　美女の舌は実に美味《おい》しく、心地よかった。しかも百合香が下向きだからトロリとした唾液が注がれ、彼はうっとりと喉を潤した。

　舌をからめながら次第にリズミカルに股間を突き上げると、

「アアッ……、いきそうよ……」

　百合香が淫らに唾液の糸を引いて口を離し、膣内の収縮をキュッキュッと強めながら熱く喘いだ。

口から吐き出される息は熱く湿り気があり、白粉臭が濃く鼻腔を刺激した。匂いが濃くなっているのは、さんざん喘ぎ続けて口中が乾き気味になっているからだろう。

藤夫は美女の吐息で胸を満たし、悩ましい匂いに酔いしれながら絶頂を迫らせていった。

互いの動きに合わせ、ピチャクチャと淫らに湿った音が響いた。

「い、いっちゃう……、アアーッ……！」

たちまち百合香が声を上ずらせ、ガクガクと狂おしいオルガスムスの痙攣《けいれん》を開始した。

膣内の収縮も最高潮になり、藤夫は彼女の喘ぐ口に鼻を擦り付け、唾液と吐息の匂いを貪りながら、続いて昇り詰めてしまった。

「く……！」

突き上がる大きな絶頂の快感に呻き、ありったけの熱いザーメンをドクンドクンと勢いよくほとばしらせ、柔肉の奥深い部分を直撃すると、

「ヒッ……、熱いわ、もっと……！」

百合香が噴出を感じて駄目押しの快感に息を呑み、さらに強く締め付けながら

身悶えた。

藤夫は、さっき射精したばかりなのに、大きな快感に包まれながら大量のザーメンを最後の一滴まで出し尽くしていった。

飲んでもらうのも夢のように心地よかったが、やはりこうして男女が一つになり、快感を分かち合うのが最高なのだと実感した。

すっかり満足しながら突き上げを弱めていくと、

「アア……」

百合香も満足げに声を洩らし、熟れ肌の強《こわ》ばりを解いてグッタリと体重を預けてきた。まだ膣内は名残《なごり》惜しげな収縮が繰り返され、刺激されたペニスが過敏にヒクヒクと内部で跳ね上がった。

「あう、感じすぎるわ。もう暴れないで……」

百合香もすっかり敏感になっているように呻き、幹の脈打ちを押さえつけるようにキュッときつく締め上げてきた。

藤夫は彼女の喘ぐ口に鼻を押し付け、白粉臭の甘い刺激の息を胸いっぱいに嗅ぎながら、うっとりと快感の余韻を味わったのだった。

やがて呼吸を整えると、彼女が枕元のティッシュを手にしながら身を起こし、そろそろと股間を引き離した。

そして百合香は濡れたペニスを包み込んで丁寧に拭き清めてから、自分の割れ目を手早く拭った。

藤夫は、口内発射でもセックスでも優しい相手がいると、オナニーと違って自分で空《むな》しくザーメンの処理をしなくて済み、それが何とも幸せなことに思えたのだった。

「さあ、そろそろみんなお風呂を出ただろうから、私も入って寝るわね」

百合香が布団から起き上がって言った。

「はい、じゃ僕も部屋に戻ります。有難うございました」

「でも、洗ってから寝た方がいいわよ」

「分かりました」

藤夫は言って身繕いをし、自分の部屋に戻ったのだった。

(とうとう体験したんだ……)

彼は布団に仰向けになって思い、百合香とのことを一つ一つ思い出して、またムクムクと勃起してきてしまった。

まさかバイトに来た初日に、最も魅惑的な美熟女の手ほどきが受けられるなど夢にも思わなかったものだ。

耳を澄ませると、もう四人の女子大生は風呂から上がり、大部屋に戻って少しお喋《しゃべ》りしてから眠ることだろう。

藤夫も、どうせ眠れないので横になったまま、百合香が風呂から上がるのを待った。

やはり彼は唯一の男なので、建物の中では最も奥まった部屋である。だから他の部屋の音も聞こえず静かで、それでも大浴場は近いので、やがて百合香が出て部屋に戻る音だけは聞こえた。

藤夫は起き上がってタオルを持つと、部屋を出て大浴場に行った。

脱衣所で全裸になり、自分の下着を洗濯機に入れようとすると、中には夥《おびただ》しい下着が詰め込まれていた。

（うわ……）

彼は心の中で歓声を上げ、もう二回も濃厚な射精をしたというのに、また激しく勃起しながら、それらを手にしてしまった。

大部分は彼女たちのショーツである。

体育館では裸足《はだし》で、時にトウシューズのようなものを履くこともあるが、夏なのでソックスは履いていなかった。

レオタードは、自分たちで洗って干しているようだ。

とにかく彼は、女子大生四人と、美熟女一人の下着を手にし、百合香の熟れた体臭を嗅いでから洗濯機に戻し、四人分を念入りに吟味した。

どれが誰のものか分からないが、どれも丸めれば小さくなるほど薄い小振りのものだった。

これが、あの健康的な新体操女子の股間を覆っているのだ。

毎日替えているようなので特に目立ったシミはなく、抜けた恥毛も見当たらず肛門の当たる部分にも変色は認められなかった。

それでも繊維の全体に甘酸っぱく蒸れた汗の匂いが濃厚に沁み付き、股間にはオシッコと、淡いチーズ臭が混じって籠もっていた。

チーズ臭は思春期の恥垢《ちこう》の匂いなのだろうか。

藤夫は、ゾクゾクと胸を震わせながら順々に匂いを貪った。四人とも似たような匂いだが微妙に異なり、彼はどれにも激しく興奮した。

もう我慢できず、彼は勃起したペニスを激しくしごきはじめた。

そして脱衣所で射精するわけにいかないので、全員の匂いを存分に嗅いでから触れた痕跡がないよう注意深く洗濯機に戻した。

　バスルームに入ると中は五人分の混じり合った体臭が生ぬるく濃厚に籠もり、たちまち彼は匂いに包まれながらオナニーして、あっという間に昇り詰めてしまった。

「く……！」

　呻きながらドクドクと勢いよく射精し、本日三度目の快感を味わった。

　気が済むと藤夫は湯でザーメンを流し、五人分のエキスの含まれた湯に浸かって、童貞を失ったばかりのペニスを洗ったのだった……。

5

「やっぱり男性がいると違うわ。そこに座っていてくれるだけで、みんなの技の切れが良くなっている」

　翌日、午前中の練習風景を藤夫が見ていると、百合香が来て言った。

「そんなことないでしょう。イケメンでも逞しくもない僕なんかがいても」

「ううん、運動しない秀才タイプは、彼女たちには新鮮みたい」

百合香が言い、彼はほのかな甘い匂いを感じて股間を熱くさせた。

もちろん彼女は、昨夜のことなど何もなかったかのように普通に振る舞い、藤夫も夢だったのではと思ったが、まだ鼻腔には彼女の匂いが、全身には感触が残っているのである。

そして四人を見ていても、あの濃かった匂いは誰だろうなどと想像していると勃起が治まらなかった。

今日も奈津美が来て洗濯を終え、今は昼食の仕度をしている。

女子トイレや風呂場は、彼女たちが交代で掃除していた。

藤夫が掃除するのは男子トイレと自分の部屋ぐらいで、奈津美の手伝いもそれほどあるわけではないので、大部分は体育館で彼女たちの匂いを感じながら取材レポートを書くだけだった。

彼女たちが真剣な眼差《まなざ》しで練習し、時に脚を百八十度開いたりする様子は実に興奮をそそった。

と、そのとき明日香が座り込み、慌てて百合香が駆け寄ったので、驚いて藤夫もそちらへと行った。

「どうしました」

「悪いわね。手伝って」

藤夫が声をかけると、百合香が明日香を抱き起こし、彼の背に預けてきた。

（うわ……）

彼は明日香を背負いながら立ち上がり、背中に当たる胸の膨らみと、腰に当たる恥骨のコリコリに激しく興奮した。

「脱水症状で目眩を起こしたみたい。水をあげて、少し部屋で休ませて」

「分かりました」

「さあ、みんなは練習を続けて」

百合香に言われ、三人は練習を再開させた。足を捻《ひね》ったとかではないので、みなも安心したようだ。

百合香も、依怙贔屓にならないよう付き添わず、そのまま体育館に残った。

体育館を出た藤夫が、可憐な美少女を背負って厨房の前を通ると、

「まあ、どうしたの」

奈津美が驚いて出てきた。

「お水を下さい。少し休めば大丈夫ですから」

彼の背で明日香が言うと、奈津美もペットボトルを渡してくれた。そして大部

屋まで行く間、明日香はしっかりと彼に手を回してしがみついていた。

「ごめんなさい」

「ううん、いいんだよ」

彼女の吐息を肩越しに感じ、藤夫は果実のように甘酸っぱい匂いに力が抜けそうになりながら女子たちの部屋に入った。

「男の人におんぶされるの、パパ以外では初めて」

明日香が耳元で囁き、時に唇も触れ、彼は勃起しながら危うくよろけそうになった。

そして混じり合った思春期の体臭が籠もっている部屋で、藤夫はいったん明日香を、畳まれている布団に下ろしてから、手早くひと組だけ敷き延べ、そこに横たえた。

レオタード姿で汗ばんだ美少女が、まだ硬い胸の膨らみを息づかせて身を投げ出している。

彼はペットボトルの蓋を開け、そっと彼女の首に手を回して顔を上げさせ、飲ませてやった。喉を潤すと、明日香はまた枕にもたれて力を抜いた。

ナマ脚がムッチリと健康的に伸び、股間には微かに割れ目の食い込みが見て取れた。

傍らには洗濯済みのタオルが積まれていたので一枚取り、彼は明日香の汗ばんだ額や鼻の脇、首筋や胸元をそっと拭いてやった。

「有難うございます。もう大丈夫です。ゆうべ少し寝不足だったから」

彼女が長い睫毛《まつげ》を伏せて言い、藤夫も座って様子を見た。サクランボのようにぷっくりした唇が僅かに開き、ぬらりと光沢ある歯並びが覗いて、熱い呼吸が繰り返されていた。

と、そこへ奈津美が入ってきて、冷却シートを明日香の額に貼った。

「脱がせて拭かなくて大丈夫かしら」

奈津美が言い、彼がドキリとすると、

「大丈夫です。少し休んだら起きますので」

明日香が薄目を開けて答えた。

「そう、じゃ私少しお買い物に出ないとならないので、三輪さんお願いね」

「ええ、分かりました」

彼が答えると、奈津美は急いで出て行った。

藤夫が明日香の可憐な寝顔を見ていると、間もなく彼女が規則正しい寝息を立てはじめた。

彼はそっと屈み込み、美少女の口に鼻を寄せ、湿り気ある果実臭の息を嗅いでうっとりと酔いしれた。

何と可愛らしく、悩ましい匂いであろうか。

まるでリンゴかイチゴでも食べた直後のようで、胸の奥が切なくなるような悩ましい芳香だった。

そしていったん顔を上げ、そっと指で唇に触れてみると、微かに閉じられた睫毛が震えただけで、何度か触れるうち反応しなくなった。

そこでそっと唇を重ね、柔らかなグミ感覚の弾力と唾液の湿り気を味わってしまった。

何やら、これがファーストキスのように胸が高鳴った。明日香も、恐らくまだ処女だろう。話では中高とストレートの女子高だったらしいし、ずっと新体操に夢中だったから誰とも付き合っていないだろう。

眠っているとはいえ、明日香のファーストキスを奪い、藤夫はどうにも射精しなければ治まらないほど高まってしまった。

もっと何度もキスしたかったが、目が開いたらいけないので、彼は明日香の足の方に向かった。

足裏は僅かに埃《ほこり》で黒ずみ、さすがに何度も激しい着地をしているだけあり、硬そうで逞しかった。

愛らしく揃った指に鼻を寄せると、やはり生ぬるく蒸れた匂いが感じられた。

しゃぶるわけにいかないので、また顔を引き離し、可愛い寝顔を見てこっそり抜いてしまおうかと思った。

すると彼女がいきなりぱっちりと目を開き、

「トイレに行きたいわ……。起こして下さい……」

言うので藤夫も驚いて身体《からだ》を起こしてやり、妙なことをしているときでなくて良かったと思った。

また背を向けると、明日香は甘えるようにもたれかかり、藤夫も柱に摑《つか》まりながら背負って立ち上がった。また吐息と汗の匂いを感じながら部屋を出て、女子トイレに行き個室のドアを開けた。

便器の前に下ろすと、明日香は自分でレオタードを脱いでいった。

上半身を露わにすると、白い胸の膨らみにはニップレスが貼られていた。

さらに下着ごと膝まで下ろそうとするので、

「じゃ、僕は出ているね」

言って個室を出ようとすると、彼女は藤夫の手を握って引き寄せた。

「ここにいて……」

「え？　でも……」

明日香が言い、藤夫は驚いて答えた。その間にも彼女は下ろしてしまい、ぷっくりした割れ目を露出させてしまった。

まだ幼いから心細さに甘えているだけなのか、とにかく彼女が便座に腰を下ろすと、藤夫も仕方なく正面から見守ることにした。

間もなく彼女の股間から、清らかなせせらぎが聞こえてきた。

明日香は恥じらうでもなく、放尿しながら膝まで下ろしたレオタードを、下着と一緒に脱ぎ去ってしまったのだ。

やはり汗に濡れているので着替えたかったのかも知れないが、男の前で平気で行うことに、彼はゾクゾクと興奮を高めてしまった。

せせらぎが一瞬激しくなってから、ピークを越えたように音が止《や》んだ。

明日香はトイレットペーパーをたぐり、シャワーのスイッチで割れ目を洗ってから股間を拭いて水を流した。

そしてニップレス以外全裸の状態で、また彼に縋《すが》ってきたのである。

また藤夫が背を向けて背負うと、手のひらは太腿のみならず張りのある尻の丸みにも触れた。

明日香は脱衣所に寄って、汗に湿ったレオタードを洗濯機に入れ、また彼は部屋に戻った。そして今日の練習は止めにしたように、Ｔシャツと下着を出し、乳首に貼られたニップレスを剝がしたのだった。

第二章　小悪魔のいけない淫望

1

「どうして寝不足だったかというと、実は遅くまで四人でお兄さんのことを話して、そのあと私はオナニーしちゃったから」

布団に座った明日香が、左右のニップレスを剝がし、可憐《かれん》な薄桃色の乳首を露《あら》わにして言った。

お兄さんとは藤夫のことらしく、これで完全に、一糸まとわぬ全裸になってしまった。

「え……、僕の話を……？」

藤夫は、美少女の発したオナニーという言葉はいったん置いて、まず自分のことを訊《き》いた。

「ええ、私もみんなもアスリート系のイケメン男子に憧れているけど、お兄さんみたいな文学青年ふうの人は初めて見るので、なんか興味があるって。性欲もすごく強そうだから」

明日香が少女らしからぬことを言うので驚きながらも、藤夫は混乱しながら、目の前の全裸姿に激しく勃起した。

「で、でもアスリートの方が性欲は強いと思うけど……」

「そんなことないわ。四人のうちでセックス体験者はキャプテンの杏里さんだけだけど、彼女が言ってたわ。逞《たくま》しい男ほど淡泊で、自分本位に早々と終わるだけだって」

「そう……」

「そのてんガリ勉やオタクっぽい人は、色んな性癖を持っているから時間をかけて愛撫《あいぶ》するし、相手のことも考えて、自分の快感は最後だって」

なるほど、杏里は様々なタイプと付き合ってきたようで、案外に的を射た意見かも知れない。

してみると、二年生の咲枝や、明日香と同級の涼子はまだ無垢《むく》なようだ。

「それで……？」

「最初にするなら、お兄さんがいいかなって思って、それでゆうべ一人で想像しながら激しくオナニーを」

（うわ……）

藤夫は股間を突っ張らせながら心の中で叫んだ。運動神経抜群の彼女たちから見れば、自分などダサい小太り男と思われているだろうから、明日香の言葉は戸惑いと同時に大きな喜びだった。

「ね、お兄さんも脱いで」

「で、でも、誰が来るか分からないし……」

「弱虫ね。いま十一時前。ママは意地でもお昼休みまでコーチは止《や》めないわ。奈津美さんも町まで買い物して車で往復四十分ぐらい。それまで二人きりよ」

明日香が、つぶらな目でじっと藤夫を見つめて言う。

それほど性への好奇心が絶大なのだろう。清純可憐に見えるが、逆に長く女子ばかりの学校にいたということは、仲間との際どい話題ばかりですっかり耳年増になっているのかも知れない。

寝不足による目眩《めまい》は本当だったようだが、それはほんの軽いもので今は回復して、彼女は二人きりの状況に乗じて、早速願望を叶《かな》えようと思ったようだ。

「それとも、私とするのは嫌？　さっきこっそりキスしたくせに」

「え……！」

どうやら明日香は眠っていなかったようだ。

「してくれないとママに言うわ。寝ている私にキスしたって」

明日香が笑みを含み、小悪魔のように目をキラキラさせて言う。

「わ、分かった。僕だって君が好きだからキスしたんだし……」

藤夫も覚悟を決め、手早くTシャツと短パンを下着ごと脱ぎ去り、全裸になっていった。

「で、でも待って。コンドームとか持ってないし」

藤夫は急に不安になった。昨夜は大人の百合香が相手だから、彼女が受け入れた以上大丈夫と思ったのだ。

しかし年下の処女が相手となると、大きな責任問題となるだろう。

「平気よ。みんなピルを飲んでいるから、中で出しても」

明日香が横になって言う。

やはり彼女たちは演技中に生理が来ないようコントロールし、ピルを常用しているようだった。

それならと、藤夫ものしかかり、処女の乳房に屈《かが》み込んでいった。

膨らみは百合香に似て、いずれ巨乳になるような兆しを見せ、乳首と乳輪は実に清らかな薄桃色をしていた。

チュッと乳首に吸い付いて舌で転がすと、

「あ……！」

明日香が目を閉じ、ビクリと無垢な肌を硬直させて息を呑《の》んだ。いざ触れられると、さっきまでの背伸びした会話は止め、じっと息を詰めて愛撫《あいぶ》を受け止めていた。

藤夫も顔中を膨らみに押し付け、感触を味わいながら舐《な》め回した。

美少女の乳房は、柔らかさの中にもまだ硬い弾力と張りがあり、汗ばんだ胸元と腋《わき》からは、何とも甘ったるい汗の匂いが生ぬるく漂っていた。

チロチロと舐めるうち刺激に反応し、ニップレスに押しつぶされていた乳首は次第にコリコリと硬くなってきた。

彼が左右の乳首を交互に含んで舐め回すうち、

「アア……、くすぐったくて、いい気持ち……」

明日香がうっとりと喘《あえ》ぎながら言い、クネクネと身悶《みもだ》えはじめた。

藤夫は充分に味わってから、彼女の腕を差し上げて腋の下にも鼻を埋め込んでいった。

そこは生ぬるくジットリと湿り、甘ったるい汗の匂いが濃厚に籠もっていた。

藤夫は酔いしれながら胸を満たし、処女の滑らかな肌を舐め降りていった。

それにしても、まさか念願の初体験をした翌日、その娘とすることになろうとは夢にも思わなかったことだ。

愛らしい縦長の臍《へそ》を舐め、張り詰めた腹部に顔を押し付けると、何とも心地《ここち》よい腹筋が感じられた。適度に脂肪があるのでシックスパックというわけではないが、下腹も実に引き締まっていた。

腰からムッチリした太腿《ふともも》へ降りると、やはり可憐さの中にも強靱《きょうじん》な筋肉の躍動が伝わってくるようだ。

バネを秘めた脚を舐め降り、指の間に鼻を埋め込んで嗅ぐと、やはりそこは汗と脂に湿り、ムレムレの匂いが濃厚に沁《し》み付いていた。

藤夫は美少女の足の匂いを貪り、爪先にしゃぶり付いた。

「あう、ダメよ、汚いのに……」

明日香が驚いたように呻《うめ》き、ビクリと下半身を震わせた。

藤夫は構わず順々に指の股に舌を割り込ませて味わい、両足とも蒸れた匂いが薄れるほど貪り尽くしてしまった。

そして股を開かせ、脚の内側を舐め上げ、滑らかな内腿をたどって処女の股間に顔を迫らせていった。

「アア……、恥ずかしいわ……」

明日香が、さっきまでの突っ張りは影を潜め、股間に男の熱い視線と息を感じて声を震わせた。

藤夫も激しく興奮しながら、初めて接する処女の割れ目に目を凝らした。

ぷっくりした神聖な丘には、ほんのひとつまみほどの若草が恥ずかしげに淡く煙っていた。

もともと薄いというよりは、やはりレオタードからはみ出さないよう手入れしているのだろう。

丸みを帯びた割れ目は、まるで二つのゴムボールを横に並べて押しつぶしたようで、僅かにピンクの花びらがはみ出していた。

やはり母娘《ははこ》でも割れ目は、当然ながら三十九歳の美熟女と、十八歳の処女では違うものだと実感した。

そっと指を当てて小振りの陰唇を左右に広げてみると、中の柔肉はヌメヌメと清らかな蜜に潤っていた。

奥には無垢な膣口《ちつこう》が息づき、ポツンとした尿道口も見え、包皮の下からは小粒のクリトリスが僅かに顔を覗《のぞ》かせていた。

もう堪《たま》らずに顔を埋め込み、柔らかな若草に鼻を擦《こす》りつけて嗅ぐと、何とも甘ったるい汗の匂いが濃厚に籠もり、それにほんのりしたオシッコの成分と、さらに処女特有の恥垢《ちこう》臭か、チーズに似た匂いも混じり、悩ましく鼻腔《びこう》を掻《か》き回してきた。

（ああ、処女の匂い……）

藤夫は感激と興奮に包まれながら蒸れた匂いを貪り、舌を挿し入れていった。

膣口の襞《ひだ》を舐め回すと、やはり淡い酸味のヌメリが感じられ、すぐにも舌の動きが滑らかになった。

そして味わいながらゆっくりクリトリスまで舐め上げていくと、

「アアッ……、そこ……！」

明日香がビクッと顔を仰《の》け反《ぞ》らせて喘ぎ、内腿でキュッときつく彼の両頬を挟み付けてきた。

藤夫ももがく腰を抱え込んでチロチロと弾《はじ》くようにクリトリスを舐めると、清らかな蜜の量が増してくるのが分かった。

さらに彼は明日香の両脚を浮かせ、オシメでも替えるような格好にさせて尻の谷間に迫った。

可憐な蕾《つぼみ》がキュッと閉じられ、鼻を埋《うず》めると顔中に双丘が密着した。

蒸れた微香が籠もり、彼は充分に胸を満たしてから舌を這《は》わせ、息づく襞を濡《ぬ》らしてヌルッと潜り込ませていった。

2

「あう……、変な感じ……」

明日香は違和感に呻き、キュッと肛門《こうもん》で舌先を締め付けてきた。

藤夫は中で舌を蠢《うごめ》かせ、うっすらと甘苦い微妙な味わいのある滑らかな粘膜を掻き回した。

そして脚を下ろすと、再び彼は大量の蜜を舐め取り、クリトリスに吸い付いていった。

「アア……、いい気持ち……、でも止めて、いきそうだから……」

明日香が言って腰をよじった。どうやらまだ果てるのが惜しく、どうせなら初体験をしてみたいようだ。

藤夫が股間から這い出して仰向《あおむ》けになると、入れ替わりに明日香が身を起こし彼の股間に顔を寄せていった。

大股開きになると、その間に腹這い、彼女は熱い無垢な視線を藤夫の股間に這わせてきた。

「変な形、ちょっとグロだわ……」

彼女はピンピンに勃起したペニスを見て、正直な感想を洩《も》らした。

藤夫も、美少女の無垢な視線と息を感じてヒクヒクと幹を上下させた。

すると明日香が、すぐに物怖《ものお》じせず指を這わせてきた。

幹を撫《な》でて張り詰めた亀頭をいじり、陰嚢《いんのう》に触れて二つの睾丸《こうがん》を確認し、袋をつまみ上げて肛門の方まで覗き込んだ。

「こんな太くて大きいの、入るのかしら……」

「入るよ。いっぱい濡れていたからね」

実際は標準の大きさだろうが、処女には大きく見えたのだろう。藤夫は大きいと言われて嬉《うれ》しく、幹を震わせて答えた。

「ね、舐めて濡らして……」

思い切って言うと、明日香も身を乗り出し、粘液の滲《にじ》む尿道口をチロッと舐めてくれた。

「あう……」

無垢な舌に触れられ、藤夫はビクリと身を硬直させながら呻いた。

明日香も、特に不味《まず》くなかったか、さらにチロチロと先端を舐め回し、張り詰めた亀頭にしゃぶり付いた。

モグモグと深くまでたぐるように呑み込み、熱い鼻息で恥毛をそよがせた。

幹を丸く締め付け、笑窪《えくぼ》の浮かぶ頬をすぼめて吸い、口の中ではクチュクチュと舌が滑らかに蠢いた。

「ああ、気持ちいい……」

藤夫は快感に喘ぎ、美少女の口の中でヒクヒクと幹を跳ね上げた。

さらに股間を突き上げると、先端がヌルッとした喉の奥の肉に触れた。

「ンン……」

明日香が熱く呻くと同時に、さらにたっぷりと清らかな唾液が溢《あふ》れてペニスを生温かく浸した。

たまに触れる歯も、実に新鮮な刺激だった。

「い、いきそう……」

藤夫が充分すぎるほど高まって言うと、明日香もチュパッと軽やかな音を立てて口を離した。

「入れてみたいわ……」

「うん、上から跨《また》いで入れてみて。その方が、痛ければすぐ止められるし」

彼が言うと、明日香も素直に身を起こして前進し、ペニスに跨がってきた。

幹に指を添え、唾液に濡れた先端に割れ目を押し当て、位置を定めると意を決したように息を詰めた。

そしてゆっくり腰を沈み込ませると、張り詰めた亀頭がズブリと処女膜を丸く押し広げて潜り込んだ。

「あう……」

明日香が顔を仰け反らせ、僅かに眉をひそめて呻いた。

それでも重みとヌメリに身を任せ、あとはヌルヌルッと根元まで滑らかに受け入れていった。

完全に股間を密着させて座り込むと、明日香は短い杭《くい》に真下から貫かれたように、上体を反らせて硬直した。

藤夫も、百合香よりずっときつい締め付けと、熱いほどの温《ぬく》もりに包まれ、処女と一つになった興奮と感激を嚙《か》み締めた。

動かなくても、息づくような収縮がペニスを刺激して、彼も中でヒクヒクと幹を震わせた。

「アア……」

明日香が喘ぎ、上体を起こしていられなくなったように、ゆっくりと身を重ねてきた。

藤夫も両手を回して抱き留め、僅かに両膝を立てて尻を支えた。

下から明日香の喘ぐ唇にキスして舌を挿し入れ、滑らかな歯並びを舐めると、彼女も歯を開いて侵入を許してくれた。

舌が触れ合いチロチロと蠢くと、生温かく清らかな唾液のヌメリが実に心地よく、彼はズンズンと小刻みに股間を突き上げてしまった。

「あう……」

明日香が呻き、僅かに口を離した。

「大丈夫？　痛ければ止《よ》そうか」

「ううん、平気……、最後までして……」

気遣って囁《ささや》くと、明日香が健気《けなげ》に答えた。

藤夫も、いったん動いてしまうとあまりの快感に腰の突き上げが止まらなくなってしまった。

きつい締め付けも大量の潤いで次第に動きが滑らかになり、彼は肉襞の摩擦にジワジワと絶頂を迫らせていった。

明日香も、次第に破瓜《はか》の痛みも麻痺《まひ》してきたように、無意識に突き上げに合わせて腰を動かしはじめてくれた。

「ああ、奥が熱いわ……」

彼女が言い、藤夫は美少女の吐き出す甘酸っぱい息の匂いで急激に高まった。

「ね、唾を垂らして、いっぱい飲みたい……」

下からせがむと、明日香も懸命に唾液を分泌させて口に溜《た》め、愛らしい唇をすぼめて迫った。

白っぽく小泡の多い唾液がトロリと吐き出されると、藤夫は舌に受けて味わいうっとりと喉を潤した。

「ああ、美味《おい》しい、いきそう……」

彼は酔いしれながら喘ぎ、さらに美少女の口に鼻を押し込み、濃厚な果実臭を胸いっぱいに嗅ぎながら股間を突き上げ、とうとう昇り詰めてしまった。

どうせ彼女も初回からオルガスムスは得られないだろうから、長引かせる必要もなく、彼は我慢しなかった。

「く……！」

大きな絶頂の快感に呻き、熱い大量のザーメンをドクンドクンと勢いよくほとばしらせると、

「あう、熱い……、出ているのね……」

初体験の最中でも噴出を感じ取ったように明日香が呻き、まるでザーメンを飲み込むようにキュッキュッと収縮を強めた。

まだ快感には程遠いかも知れないが、藤夫が果てたことで、嵐が過ぎ去ったような安堵《あんど》感があったようだ。

藤夫は心ゆくまで快感を味わい、最後の一滴まで出し尽くした。

すっかり満足しながら突き上げを弱め、力を抜いていくと、

「アア……」

明日香も、初体験した感慨に小さく声を洩らし、肌の硬直を解いてグッタリともたれかかってきた。

藤夫は重みと温もりを受け止め、まだ息づく膣内でヒクヒクとペニスを過敏に震わせた。そして美少女の吐き出す湿り気ある甘酸っぱい息を嗅ぎながら鼻腔を満たし、うっとりと快感の余韻に浸り込んでいった。

「とうとう体験したわ……」

明日香が息を弾ませて言い、藤夫は、本当にこれほどの美少女の処女を、こんな自分が頂いて良かったのだろうかと思った。

やがて彼女がそろそろと股間を引き離し、ゴロリと横になった。

藤夫はティッシュを手にして身を起こし、手早くペニスを拭きながら明日香の股間に顔を寄せた。

見ると、陰唇が痛々しくはみ出し、そっと指で広げると、膣口から逆流するザーメンにほんの少し鮮血《あか》が混じっていた。

彼は、この処女喪失の証しの色を一生忘れまいと思った。

そっとティッシュを当てて拭ってやったが、出血は実に少量で、すでに止まっているようだった。

明日香は身を投げ出し、されるままじっとしていたが、とにかく後悔している様子はないので、藤夫も安心したものだった。

3

「明日香ちゃんは大丈夫そうね。良かったわ」

買い物から帰ってきた奈津美が藤夫に言い、やがて昼になると、百合香も部屋で寝ている明日香の様子を見て安心したようだった。

まさか僅かの間に、部屋で娘が処女喪失したなど、百合香は夢にも思っていないだろう。

藤夫は処女を抱いた体験に身も心もぼうっとなりながら、少しでも平静を保って昼食の仕度を手伝った。

やがて食事を終えると、明日香は大事を取って今日は休むことになり、三人はまた体育館で練習をして百合香もコーチを続けた。

藤夫は体育館の隅で、彼女たちの汗の匂いを感じながら取材するふりをし、明日香との体験ばかり思い返していた。

やがて夕方になると練習が終わり、また藤夫は奈津美を手伝って夕食の仕度をし、みなでテーブルを囲んだ。

奈津美は、ビールや他のアルコールもあると言っていたが、百合香も飲まない以上藤夫だけ飲むわけにいかず我慢した。

もっとも、彼はもともと飲む習慣はないのだ。

洗い物を済ませると奈津美が帰ってゆき、また順々に入浴して部屋に戻っていった。

藤夫も部屋に戻り、今夜も百合香の呼び出しがあるかと期待したが、昨日の今日だし、今夜は彼女も早めに寝るようだった。

仕方なく今夜も藤夫は寝しなに入浴し、彼女たちの匂いに包まれてオナニーしようと思った。

そして全員が部屋に入った頃、彼は大浴場へ行った。

洗濯機の中を漁《あさ》って下着の匂いでも嗅ごうと思ったら、そこへ何と、明日香と同い年で十九歳になったばかりの涼子が入ってきたのだ。

「あ、まだお風呂入っていなかったの？」

「ええ、お友達とチャットしていたから」

束ねていた長い髪を下ろし、洋風の顔立ちにソバカスが魅力の涼子が答えた。

「じゃ、どうぞ。僕は後にするからね」

藤夫は言い、洗濯機を覗いているところを見られなくて良かったと思い、脱衣所を出ようとした。

「一緒に入りましょう」

すると、最も清楚《せいそ》で大人しげな涼子が、目をキラキラさせて囁いたのだ。

「え……？」

「もうみんな部屋からは出てこないわ。それに、明日香の処女を奪ったのね？」

涼子が悪戯《いたずら》っぽい眼差《まなざ》しで言い、藤夫はドキリとして返事に困った。まあ、そんな反応では、今さら否定しても信じてもらえないだろう。

「き、聞いたの？」

「ええ、何度も話し合ってきたし、初体験も隠さず報告しようって約束していたから」

涼子が言い、Tシャツと短パンを脱ぎはじめてしまった。

「私にも教えて。明日香と同じ相手なら私も嬉しいから」

「い、いいのかな……」

藤夫も、ムクムクと勃起しながらその気になり、シャツと短パンを下着ごと脱いでしまった。

たちまち二人とも全裸になると、脱衣所内に涼子の新鮮な体臭が立ち籠めた。

涼子は明日香より長身で、乳房はそれほど大きくなく、筋肉は秘められているものの一見ほっそりしていた。

「待って、お湯に濡らす前に足を嗅がせて」

彼は、バスルームに入ろうとする涼子を押しとどめて言ってしまっていた。

「まあ、臭い匂いが好きなの……？」

涼子は驚いたようだが、小首を傾《かし》げて不思議そうに言う様子が可憐で、藤夫もせがむ勇気が湧いた。

「美女に臭い匂いはなくて、濃い薄いがあるだけ」

「濃いのが好きなの？」

「うん、足を上げて」

藤夫は答えながら床に座り、彼女の足首を摑《つか》んだ。

涼子も壁に手を突いて身体《からだ》を支えながら、片方の足を彼の鼻先に突き付けてくれた。

藤夫は両手で押し頂くように足を支え、形良い足指の間に鼻を押し付けて嗅いだ。やはりそこは汗と脂にジットリ湿り、蒸れた匂いが何とも濃厚に沁み付いて鼻腔を刺激してきた。

「ああ、いい匂い……」

「変な人ね。明日香は後悔していないようだったけど……」

涼子が言い、藤夫は激しく勃起しながら美少女のムレムレの匂いを貪り、爪先にしゃぶり付いて指の股を舐めた。

「あん……」

涼子は喘ぎ、身体を支える片方の脚がキュッと引き締まったが、さすがにバランス感覚は良いようだ。

しゃぶり尽くすと足を交代してもらい、彼はもう片方の足指も味と匂いが薄れるほど堪能《たんのう》した。

ようやく気が済んで立ち上がり、一緒にバスルームに入ると、彼は壁に立てかけてあったバスマットを床に敷いて仰向けになった。

「すごい勃《た》ってるわ……。相手は誰でもいいの？」

涼子がペニスを見下ろし、鋭いことを言ってきた。

「目の前にいる人が、一番好き」

「そう、じゃ今は私が一番ね。どうしたらいいの」

涼子が言い、藤夫は仰向けのまま胸を高鳴らせた。どうやら一日のうち二人目の処女と出来るようなのだ。

「顔に跨がってしゃがんで」

「まあ……、そんな恥ずかしいことさせるの……？」

勃起した幹をヒクヒク震わせて言うと、涼子は呆《あき》れたように言いながらも好奇心を前面に出して目をキラキラさせ、いくらもためらわずに彼の顔に跨がってくれた。

長い脚の美少女が、スックと立った姿を真下から見上げるのは何とも壮観だった。そして彼女が和式トイレスタイルでしゃがみ込むと、脚がM字になり、脹《ふく》脛《はぎ》と太腿がムッチリと張り詰め、ぷっくりした割れ目が鼻先にズームアップしてきた。

「アア、恥ずかしいわ……」

涼子は息を弾ませて言い、股間から発する熱気と湿り気で藤夫の顔中を包み込んできた。

やはり明日香のように手入れしているのか、恥毛はほんの僅かで、割れ目からはみ出す陰唇はネットリとした清らかな蜜に潤っていた。

指を当てて左右に広げると、無垢な膣口が襞を入り組ませて息づき、意外に大きめのクリトリスがツンと顔を覗かせていた。

腰を抱き寄せて若草に鼻を埋め込んで嗅ぐと、柔らかな感触とともに、甘ったるい濃厚な汗の匂いが胸に沁み込んできた。

「ああ、なんていい匂い……」

「嘘《うそ》、いい匂いの筈《はず》ないわ……」

うっとりと嗅ぎながら言うと、涼子が身を硬くして声を震わせたが拒みはしなかった。

藤夫は胸いっぱいに嗅いで鼻腔を刺激されながら、舌を挿し入れて処女の膣口をクチュクチュと探った。ヌメリはやはり淡い酸味を含んで舌の動きが滑らかになり、そのままクリトリスまで舐め上げていくと、

「あう……、気持ちいい……」

涼子が息を詰めて言い、思わずギュッと座り込みそうになり、彼の顔の左右で懸命に両足を踏ん張った。

彼はチロチロとクリトリスを舐め回しては、トロトロと溢れてくる愛液をすった。

さらに尻の真下に潜り込み、顔中に白く丸い双丘を受け止めながら、谷間の蕾に鼻を押し付けて嗅いだ。蒸れた汗の匂いに、うっすらとした微香も混じって鼻腔を刺激してきた。

彼は匂いを貪ってから舌を這わせ、息づく襞を濡らしてヌルッと潜り込ませ、滑らかな粘膜を味わった。

「く……、変な気持ち……」

涼子が呻き、キュッと肛門で舌先をきつく締め付けてきた。

藤夫は充分に舌を蠢かせてから、再び移動してクリトリスに吸い付いた。

「も、もういいわ。私にも見せて……」

彼女が言って股間を引き離し、藤夫の股間に顔を移動させていった。

そして幹や亀頭に指を這わせ、感触や硬度を確かめるようにニギニギと愛撫してくれた。

「ああ……」

「気持ちいい？　どんなふうにしたら良いのかしら」

「おしゃぶりして……」

藤夫が身悶えながら言うと、涼子も屈み込み、長い黒髪がサラリと股間を覆って内部に熱い息が籠もった。

4

「ここ舐めてあげる。私もくすぐったくて気持ち良かったから」

涼子が言い、藤夫の両脚を抱え上げて尻の谷間に迫ってきた。

一番大人しげな顔立ちをしているが、内心はやはり誰にも負けないほど好奇心いっぱいなのだろう。

チロチロと舌先が肛門をくすぐり、長い髪が尻をくすぐった。

さらに濡れた肛門にヌルッと舌が潜り込むと、

「あう……」

藤夫は妖しい快感に呻き、美少女の舌先を肛門でモグモグと締め付けた。

涼子も、熱い鼻息で陰嚢をくすぐりながら内部で舌を蠢かせると、内側から刺激されるようにペニスが上下した。

やがて脚を下ろすと、彼女はすぐに陰嚢を舐め回してきた。

舌が滑らかに蠢いて睾丸を転がし、袋が生温かな唾液にまみれた。

彼女は、さらに身を乗り出して、いよいよ肉棒の裏側をゆっくりと舐め上げてきた。

シルク感覚の舌が滑らかに先端まで来ると、涼子は幹を指で支え、粘液の滲む尿道口をチロチロと舐め、

「あんまり味はないのね」

呟《つぶや》くように言ってから、張り詰めた亀頭にしゃぶり付いてきた。

くわえ込んでスッポリと深く呑み込み、上気した頬をすぼめて吸い付き、口の中ではクチュクチュと舌がからみついてきた。

「ああ、気持ちいい……」

藤夫は快感に喘ぎ、唾液にまみれた幹をヒクヒク震わせた。

彼がズンズンと小刻みに股間を突き上げると、

「ンン……」

涼子は熱く鼻を鳴らし、合わせて顔を上下させ、濡れた口でスポスポと摩擦してくれたのだ。

「い、いきそう……」

藤夫が高まって言うと、すぐに涼子もスポンと口を引き離して添い寝した。

「いいわ、入れて下さい」

すっかり覚悟を決めたように言い、身を投げ出してきたので彼も身を起こし、正常位で股間を進めていった。

本当は女上位が好きなのだが、涼子は正常位の初体験を思い描いていたように目を閉じて自分から股を開いてくれた。

藤夫は幹に指を添えて濡れた割れ目に擦り付け、二人目の処女を味わいながらゆっくり膣口に挿入していった。

張り詰めた亀頭が潜り込むと、さすがにきつい締め付けが感じられたが、充分なヌメリに任せてヌルヌルッと根元まで押し込んだ。

「あう……！」

涼子が眉をひそめて呻き、肌を強《こわ》ばらせた。

彼は肉襞の摩擦と温もりを味わいながら股間を密着させ、身を重ねていった。

「大丈夫？」

「ええ、最後までして……」

囁くと涼子が薄目で彼を見上げて答え、下から両手を回してしがみついた。

藤夫はまだ動かず、処女を味わう感激に包まれながら屈み込んで、ピンクの乳首にチュッと吸い付いていった。

しかし彼女の全神経は股間に集中しているようで、乳首への反応はなかった。

左右の乳首を交互に含んで舌で転がし、膨らみの硬い弾力を顔中で味わった。

ジットリ湿った腋の下にも鼻を埋め込み、生ぬるく甘ったるい汗の匂いで胸を満たすと、甘美な悦《よろこ》びが広がっていった。

充分に嗅いでから白い首筋を舐め上げ、唇を重ねて舌を挿し入れた。

滑らかな歯並びを舐めると彼女も開いて舌を触れ合わせ、チロチロとからみつけてきた。

生温かな唾液に濡れた舌の、滑らかな蠢きに高まりながら、彼は徐々に腰を突き動かしはじめた。

「アア……」

涼子が口を離し、顔を仰け反らせて熱く喘いだ。

開いた口に鼻を押し付けて嗅ぐと、涼子の息はやはり明日香に似て甘酸っぱい果実臭だが微妙に違っていた。

明日香はイチゴかリンゴのようだったが、涼子は柑橘《かんきつ》系に近い匂いで、同じ処女でも違うものだと思った。

とにかく大量に溢れる愛液で、次第に動きもヌラヌラと滑らかになり、彼も快感に腰が止まらなくなってしまった。

すると涼子も両手に力を込め、さらに彼の腰に長い脚までからみつけ、下からコアラのようにしがみついた。彼女が両脚を浮かせたので、律動に合わせて尻の丸みも股間に当たって心地よく弾んだ。

「い、いきそう……」

藤夫は締め付けと摩擦のリズムに包まれ、急激に絶頂を迫らせて言った。涼子も下からズンズンと股間を突き上げているので、もう破瓜の痛みより男と一つになった思いの方が強いようだ。

もちろん長引かせる必要もないので、藤夫は涼子の甘酸っぱい吐息で鼻腔を満たしながら、股間をぶつけるように突き動かし、あっという間に昇り詰めてしまったのだった。

「く……、気持ちいい……」

大きな絶頂の快感に呻き、ありったけの熱いザーメンをドクンドクンと勢いよくほとばしらせると、

「あ、気持ちいいわ……！」

奥深い部分に噴出を受けた涼子が声を上ずらせ、ガクガクと小刻みな痙攣《けいれん》を開始したのである。

（え？　初回からいった……？）

藤夫は思いながらも、たちまち快感に押し流されてゆき、心置きなく最後の一滴まで出し尽くしてしまった。すっかり満足しながら徐々に動きを弱め、力を抜いてもたれかかっていくと、

「アア……、これが本当のセックスなのね……」

涼子も肌の硬直を解き、四肢を投げ出してグッタリしながら言った。

膣内はキュッキュッと息づくような収縮を繰り返し、刺激されたペニスがヒクヒクと中で跳ね上がった。

そして藤夫は身を預け、涼子の口から吐き出される悩ましい果実臭の息を胸いっぱいに嗅ぎながら、うっとりと余韻を味わったのだった。

考えてみれば、もう十九なのだから、痛みより快感の方が大きいのかも知れず個人差もあるのだろう。

やがて呼吸を整えると、藤夫はそろそろと股間を引き離し、涼子の割れ目を覗き込んだ。しかし出血は見当たらず、膣口はザーメンに濡れて満足げに息づいていた。

「初めてなのに、気持ち良かったの？」

「ええ、実は咲枝さんに借りているバイブを試していたから」

「え……？」

話を聞くと、どうやら涼子はペニスを模したバイブで処女喪失は済ませていたようだった。

それなら挿入の痛みも克服し、快感も芽生えはじめた頃なのだろう。

それにバイブは射精しないから、生身のペニスの温もりと脈打ち、奥を直撃するザーメンの刺激で、初セックスながら、一人前にオルガスムスを得てしまったらしい。

さらに話では、咲枝も処女なのにバイブでの悪戯をしており、涼子と女同士の戯れも経験しているようだった。

確かに強化選手となると、恋愛など暗黙の了解で自戒しているのだろう。

しかし肉体は健康で、通常の性欲や好奇心もあるから、女同士で際どい話をするうち、その延長でつい戯れ合うことも自然なのかも知れない。

藤夫は、処女同士のカラミを想像し、思わずムクムクと回復しそうになった。

とにかく湯を汲《く》んで、涼子の股間を流してやると、すぐ彼女も起き上がって自分で洗った。

湯に濡れた肌を見て、これで濃厚な匂いも消えてしまったなと思ったが、いつしか藤夫はすっかりピンピンに勃起していた。

「ね、もう一度跨いで……」

彼は仰向けになって言い、涼子の手を引いて顔に跨がらせた。

「どうするの？」

「オシッコしているところを真下から見たい」

「まあ……、顔にかかってもいいの……？」

「うん、すぐ洗い流すから」

言うと、涼子も好奇心を湧かせ、バスルームということもあって彼の顔に再びしゃがみ込んできた。

真下から割れ目に顔を埋めると、やはり大部分の匂いは薄れてしまっていた。

それでも柔肉を舐め回すと、すぐにも淡い酸味の愛液が湧き出し、舌の動きをヌラヌラと滑らかにさせた。

「ああ、いいの？　すぐ出そう……」

涼子が息を詰めて言い、藤夫が頷《うなず》きながら舐め続けると、奥の柔肉が迫《せ》り出《だ》すように盛り上がり、温もりと味わいが変化してきたのだった。

5

「あう、出ちゃう……」

涼子が言うなり、チョロチョロと熱い流れがほとばしってきた。

藤夫は口に受け止め、仰向けだから噎《む》せないよう夢中で喉に流し込んでみた。

これも長年の憧れで、ようやく実現できたのだ。

すると味も匂いも実に淡く控えめで、薄めた桜湯のように抵抗なく飲み込むことが出来、それが嬉しかった。

「アア……、変な気持ち……」

次第に勢いを増して放尿しながら、涼子も熱く喘いで身を強ばらせていた。

溢れたり口から外れた流れが顔中を温かく濡らし、頬の丸みを伝って耳にも流れ込んできた。

やがてピークを過ぎると急に勢いが衰え、やがて流れが治まってしまった。

ポタポタと滴る雫《しずく》に愛液が混じり、ツツーッと糸を引くようになった。

藤夫は余りの雫をすすり、濡れた柔肉を舐め回した。

「く……、もうおしまい……」

涼子がビクリと反応して呻き、股間を引き離してしまった。さっき初の挿入でオルガスムスを得たので、もう今日は充分なようだ。

それでも藤夫はもう一回抜いておきたいので、彼女を抱き寄せてバスマットに添い寝してもらった。

腕枕してもらい、胸に抱かれながら涼子にペニスをいじってもらった。

「このペニスが、明日香と私の処女を奪ったのね……」

涼子が、ニギニギと弄びながら言った。

「でも、私と明日香の話を聞いたら、咲枝さんもきっと求めてくると思うわ」

彼女の言葉に、藤夫はまた新たな期待に胸を弾ませた。

咲枝は二十歳で処女なのだから相当に選《え》り好みが激しいか、バイブオナニーやレズの方が性に合っているのだろう。

藤夫は、あの気の強そうな咲枝の処女まで奪えたら最高だと思いながらも、今は目の前の涼子に専念した。

「ね、唾を飲みたい。いっぱい垂らして……」

ペニスを愛撫されながらせがむと、彼女も上から近々と顔を寄せ、形良い唇をすぼめて、白っぽく小泡の多い唾液をトロトロと吐き出してくれた。

それを舌に受けて味わい、飲み込んでうっとりと酔いしれた。

「顔に思い切り、ペッて吐きかけて」

「まあ、そんなことされたいの？　どうして？」

「涼子ちゃんが、一生男にしないだろうことを、僕だけにしてほしいから」

「いいけど、変なの……、こう？」

涼子もバスルームですぐ洗えるからと、オシッコよりも気軽に唇に唾液を溜めた。そして息を大きく吸い込んで止め、彼の顔に迫ると勢いよくペッと吐きかけてくれた。

「アア、気持ちいい……」

藤夫は、美少女の甘酸っぱい息を顔中に受けて喘ぎ、唾液の固まりを鼻筋に受けて興奮を高めた。それは生温かく、トロリと頬の丸みを伝い流れてほのかな匂いを放った。

「息が、いい匂い……」

「本当？　まだ夕食後の歯磨きしていないのよ」

「もっと嗅ぎたい」

せがんで顔を引き寄せると、涼子は大きく口を開き、スッポリと彼の鼻を覆ってくれた。藤夫が息を吸い込むと、美少女の口の中の気体が生温かく鼻腔を満たし、胸の奥まで甘酸っぱい芳香に湿るようだった。

彼はこのまま全身が縮小して口の中に含まれ、飲み込まれて胃で溶けてしまいたいような衝動にさえ駆られた。

「ああ、いきそう……」

藤夫がすっかり絶頂を迫らせて喘ぐと、

「ね、飲んでみたいわ」

涼子がペニスから指を離して言い、返事も待たずに彼の股間に顔を移動させていった。

藤夫が大股開きになって股間を晒《さら》すと、彼女は真ん中に腹這い、今度はいきなり先端からしゃぶりはじめてくれた。

自分の処女を散らしたばかりの亀頭を舐め回し、深くスッポリ呑み込んで吸い付き、舌をからめて唾液にまみれさせながら、顔を上下させてスポスポと強烈な摩擦を開始した。

「アア……」

藤夫は快感に喘ぎ、下からもズンズンと股間を突き上げ、もう我慢せずフィニッシュまで突っ走った。

唾液に濡れて締まる唇が、チュパチュパと張り出したカリ首の傘を擦り、舌先もチロチロと尿道口に這い回った。そして彼は股間に熱い息を受けながら、とうとう昇り詰めてしまった。

「い、いく……、あぁッ……！」

溶けてしまいそうな大きな絶頂の快感に貫かれながら彼は喘ぎ、同時にドクンドクンとありったけの熱いザーメンを勢いよくほとばしらせ、美少女の喉の奥を直撃した。

「ンン……」

涼子が熱く呻き、余りを吸い出すように強く吸引した。

「あう、気持ちいい……」

藤夫は思わず腰を浮かせ、新鮮な快感に呻いた。射精と同時に吸われると、ドクドクと脈打つリズムが無視され、陰嚢から直《じか》に吸い出されているような感覚になった。

まるでペニスがストローと化し、力など入れなくても、魂まで吸い取られるような快感に最後の一滴まで出し尽くしてしまった。彼女の意思で吸い出されたので、美少女の口を汚したという罪悪感は薄れた。

彼がグッタリと身を投げ出すと、涼子も摩擦と吸引を止め、ペニスを含んだまま口に溜まったザーメンをコクンと飲み干してくれた。

口腔が締まった駄目押しの快感が得られ、藤夫は自分の生きた精子が、美少女の胃で吸収され栄養になることに限りない悦びを覚えた。

ようやく涼子が口を離すと、なおも白濁の雫の滲む尿道口をペロペロと舐めて綺麗《きれい》にしてくれた。

「あうう……、も、もういいよ、どうも有難う……」

藤夫はクネクネと腰をよじり、過敏に反応しながら呻いて言った。

「生臭いわ。でもそんなに味はないみたい……」

涼子が顔を上げ、チロリと舌なめずりして感想を洩らした。

藤夫は彼女を抱き寄せてまた顔を引き寄せ、吐息を嗅ぎながらうっとりと余韻を味わった。涼子の息にザーメンの生臭さは残らず、さっきと同じ甘酸っぱい果実臭だった。

やっと気が済んで呼吸を整えると身を起こし、二人で湯を浴びてから一緒に湯に浸《つ》かった。

美熟女や女子大生たちのエキスを含んだ湯に浸かれるのも、自分だけの贅沢《ぜいたく》な一時であった。

「じゃ、先に上がるね。どうも有難う」

藤夫は湯から上がって言った。どうせ涼子は身体や髪を洗ったり、歯を磨いたりゆっくりするのだろう。

彼は脱衣所で身体を拭き、もう洗濯機の中を漁ることはせず、涼子を相手に射精した二回の余韻の中で眠ろうと思った。

身繕いして脱衣所を出ると、足音を忍ばせて奥にある自分の部屋に戻ったが、他の部屋も静かなので、もう眠ってしまったのだろう。

（それにしても、なんて恵まれているんだろう……）

暗い部屋で布団に横になり、藤夫は思った。

昨日来たばかりなのに、すでに三人の女体を味わい、そのうち一人は美熟女で残る二人は処女なのである。

しかも涼子の話では、咲枝とまで出来そうな流れになっているようだ。

とにかく生身への期待に、もうオナニーのことなど考えないことにした。

そして寝しなにメールチェックをした。

すると編集長から、無理だとは思うがアスリート女子大生たちの性処理事情も取材しろとメールがあった。

これは、本当のことなど書けないだろう。

藤夫は適当な返事をしておいてスマホのスイッチを切り、そのまま寝ることにした。

それにしても明日香も涼子も、今日処女を失い、一体どんな思いで眠りに就くのだろうか。

あんな美少女たちが今日まで無垢でいたのも奇蹟《きせき》だが、まあ女子ばかりの中高と来て女子大だし、管理された強化選手ならではだろう。

それよりも、自分のようにこんなダサい男に幸運が巡ってくるのは、それ以上の奇蹟だった。

一度肌を重ねた女性は、また近々必ず出来るだろう。

それよりも藤夫は、まだ接していない面々を思い、股間を熱くさせながら眠りに就いたのだった。

第三章　美人妻はミルクの匂い

1

「あれ、みんなは？」

藤夫は少し寝坊して食堂に行くと、奈津美が片付けをしていた。体育館の方からも声が聞こえてこず、建物内がシンとしていたのである。

「トレーニングに行ったわ。マラソンで向こうの丘まで」

「そう……」

「おにぎりを持っていったから、頂上でストレッチをして、お昼を済ませてから二時頃に戻るでしょう」

奈津美が言い、彼のブランチを用意してくれた。

寝坊しても起こしてくれないのは、特に奈津美も忙しくなかったのだろう。

それに彼女たちは藤夫の存在に関係なく、自主的なスケジュールに管理されているので、何とも気楽なバイトであった。

とにかく藤夫も食事を済ませた。

バイトと取材を兼ねているとはいえ、丘まで一緒にマラソンするのは御免だから、誘われなくて良かったと思った。

食事を終えて部屋に戻り、取材ノートを読み返していると、そこへ奈津美が入ってきた。

「ね、ちょっといいかしら……」

「はい、何でしょう」

答えると、彼女が入って来てブラウスのボタンを外しはじめたのである。

(うわ……)

唐突な興奮に、彼は身構えながら股間を熱くさせてしまった。

奈津美は手早く胸元を左右に開き、ブラのフロントホックを外した。ブラの内側には、見慣れないものが装着してある。

見ると、やや濃く色づいた乳首にポツンと白濁の雫《しずく》が浮かんでいたのである。

「張って辛《つら》いので、吸い出して欲しいの。もう出なくなる頃だと思っていたのだけど……」

奈津美が座って言う。

確か彼女には一歳になる娘がいると言うことだ。奈津美も日中はこっちへ来ているので、実家の両親に預けているようだが、たまにこうして大量に滲み出てしまうのだろう。

ブラの内側に装着されていたのは、乳漏れ用パッドらしい。

どうやら、元気いっぱいの彼女から漂う甘ったるい匂いは、汗よりも母乳の成分が多かったようだった。

「い、いいですよ。どうすればいいかな。添い寝してくれれば楽かも」

「ええ、吸い出したらティッシュに吐き出して」

彼が言うと奈津美も布団に横になり、藤夫は図らずも腕枕される形になって顔を寄せた。

乳輪は大きめで、濃く色づいた乳首を含み、雫を舐《な》めたが特に味は無い。

「舐めないで、吸い出して……」

奈津美が息を詰めて言い、濃厚な体臭を揺らめかせた。

彼女は、長身の百合香より小柄だがボリュームは満点で、特にスポーツとは縁がなさそうな柔らかな肉づきをしていた。

藤夫は乳首を吸ったが、なかなか新たな母乳が出てこない。色々試し、唇で乳首の芯を挟み付けるようにすると、ようやく生ぬるい液体が滲み出て舌を濡《ぬ》らしてきた。

今度ははっきりと薄甘い味わいが感じられ、いったん出るとどんどん吸い出すコツが分かってきた。

もちろん吐き出すなど勿体《もったい》ないので、全て喉に流し込んだ。

「アア、飲んでいるの。嫌じゃないのね……」

奈津美が言い、分泌を促すように自ら膨らみを揉《も》みしだいた。

藤夫の口の中も胸の奥も、美人妻の母乳の甘ったるい匂いが満ち、安らぎと同時に興奮も得られ、いつしか彼自身はピンピンに勃起していた。

「う……、んん……」

奈津美は大きく息を吸い込んでは止め、やがて吐息に小さな喘《あえ》ぎが混じるようになってきた。

肌を伝って感じられる吐息は、花粉のように甘い刺激が含まれていた。

甘酸っぱい少女の匂いと、熟れた百合香の白粉臭《おしろい》の、中間の匂いというところだろうか。

やがて吸い出して飲み込み続けているうち、心なしか巨乳の張りが和らいできたように感じられ、分泌も少なくなってきた。

「いいわ、楽になったので、今度はこっち……」

奈津美が言い、もう片方の膨らみを差し出してきた。

藤夫も腕枕されながら、また雫の滲んでいる乳首を含んで吸い付き、顔中を膨らみに押し付けながら吸い出して味わった。

彼女も添い寝しながらじっと身を強《こわ》ばらせ、時に彼の髪を優しく撫《な》でながら、強く膨らみに押し付けてきた。

「アア……、いい気持ち……」

とうとう奈津美が熱く喘ぎ、クネクネと悶《もだ》えはじめたのだ。

もう片方の乳首も充分に吸って母乳で喉を潤すと、いつしか彼女は仰向《あおむ》けになり、身を投げ出してきた。

「ね、お乳だけじゃなく、色々してもいいわ……」

奈津美が言い、どうやら完全に性的に興奮しているのが、まだ未熟な藤夫にも充分に分かった。

彼は左右の乳首を味わい尽くすと、乱れたブラウスの中に潜り込み、濃厚な体臭の籠もる腋《わき》の下に鼻を埋め込んでいった。

すると、そこには色っぽい腋毛が煙っていたのである。

藤夫は興奮を高め、嬉々《きき》として腋毛に鼻を擦《こす》りつけ、甘ったるい汗の匂いを貪った。

あとで聞くところによると、やはり出産後は夫とも夫婦生活は疎遠になり、すっかり欲求が溜《た》まっていたらしく、セックスもしていないので無駄毛のケアもしていないようだった。

「あう、汗臭いでしょう……」

奈津美がくすぐったそうに腕を縮めて言い、藤夫も身を起こし、彼女のスカートの脇ホックを外し、脱がせていった。

彼女も素直に腰を浮かせて彼の作業を手伝い、藤夫はショーツとソックスまで脱がせ、あとは前の開いたブラウスだけの姿にさせてしまった。

肌は透けるように白く、股間に煙る恥毛も情熱的に濃かった。

藤夫も手早くTシャツを脱ぎ、下着ごと短パンも脱ぎ去ると、全裸になってあらためて人妻の肌に屈《かが》み込んでいった。

例によって肝心な部分は最後に取っておき、豊満な腰からムッチリした太腿《ふともも》に降り、脚を舌でたどっていった。

すると脛《すね》にもまばらな体毛があり、何とも野趣溢《あふ》れる魅力が感じられ、彼は新鮮な気持ちで舌を這《は》わせた。

足首まで行くと足裏に回り込み、踵《かかと》から土踏まずを舐め、指の間に鼻を割り込ませて嗅いだ。

働き者の奈津美の指の股は、汗と脂にジットリと湿り、蒸れた匂いが生ぬるく濃厚に沁《し》み付いていた。藤夫は胸いっぱいに嗅いでから爪先にしゃぶり付き、指の間に舌を挿し入れて味わった。

「あう、ダメよ……」

奈津美が驚いたように呻《うめ》いて脚を震わせたが、拒みはしなかった。

藤夫は全ての指の股を舐め、もう片方の足指も味と匂いが薄れるほど貪り尽くしてしまった。

そして股を開かせ、脚の内側を舐め上げて股間に迫っていった。

「アア……、恥ずかしいわ、こんなに明るいところで……」

奈津美が顔を仰《の》け反《ぞ》らせて喘ぎ、ヒクヒクと白い下腹を波打たせた。

藤夫は張りと量感に満ちた内腿を舐め上げ、熱気と湿り気の籠もる割れ目に顔を寄せた。

はみ出した陰唇はヌメヌメと潤い、指を当てて左右に広げると、息づく膣口《ちつこう》からは母乳に似た白っぽい本気汁が滲み出ていた。

クリトリスも大きめで光沢を放ち、彼はギュッと顔を埋め込み、柔らかな恥毛に鼻を擦り付けて嗅いだ。

甘ったるい濃厚な汗の匂いと、ほんのり蒸れたオシッコの匂い、それに大量の愛液による生臭い成分がミックスされ、悩ましく鼻腔《びこう》を刺激してきた。

藤夫は濃い匂いに酔いしれながら舌を挿し入れてゆき、膣口の襞《ひだ》をクチュクチュと掻《か》き回し、味わいながら柔肉をたどり、ゆっくりクリトリスまで舐め上げていった。

「アアッ……！」

奈津美が身を弓なりに反らせて喘ぎ、内腿でキュッときつく彼の両頬を挟み付けてきた。

彼も豊満な腰を抱え込んで押さえ、さらに脚を浮かせて豊かな尻の谷間に迫っていった。ピンクの蕾《つぼみ》は、出産の名残《なごり》なのかレモンの先のように僅かに突き出て何とも色っぽい形をしていた。

藤夫は鼻を埋めて悩ましい微香を嗅《うず》ぎ、舌を這わせて襞を濡らすとヌルッと潜り込ませ、滑らかな粘膜を探った。

2

「あう、ダメ……！」

奈津美が呻き、キュッときつく肛門《こうもん》で藤夫の舌先を締め付けてきた。

彼が舌を蠢《うごめ》かせて内部を味わうと、鼻先の割れ目から白っぽい愛液がトロトロと湧き出してきた。

それを舐め取りながら脚を下ろし、再びクリトリスに吸い付くと、

「いきそうよ……、今度は私が……」

奈津美が言って身を起こしてきたので、彼も股間から這い出して仰向けになっていった。

彼女は藤夫を大股開きにさせて真ん中に腹這い、内腿を舐め上げて股間に熱い息を籠もらせてきた。

そして陰嚢《いんのう》を舐め回してきたが、舌先ではなく舌の表面をヌラヌラと擦り付けるので、滑らかな感触と唾液の温かさが心地《ここち》よく、彼は人妻の愛撫《あいぶ》にうっとりと酔いしれた。

充分に唾液にまみれさせてから舌先がペニスの裏側を這い上がり、粘液の滲む尿道口をチロチロと舐め回した。

愛撫しながら彼女は、チラと藤夫の反応を見るのが艶《なま》めかしかった。恐らく暴発しないかどうか確認しているのだろう。そうした仕草も、いかにも慣れた年上の人妻といった感じで興奮をそそった。

さらに奈津美は舌を引っ込めて身を乗り出し、巨乳の谷間でペニスを挟んで揉み、時には裏側に乳首も擦り付けてくれたのだ。

「ああ……」

「気持ちいい？　まだ出さないでね」

藤夫が喘ぐと彼女が股間から言い、自ら乳首をつまんで、ペニスにポタポタと母乳を滴らせてくれたのだ。

雫だけでなく、無数の乳腺から霧状になった母乳も生温かくペニスを濡らし、再び彼女は舌を這わせて念入りに亀頭をしゃぶってくれた。

そのままスッポリと根元まで呑《の》み込み、幹を丸く締め付けて吸い、熱い鼻息で恥毛をくすぐりながら、口の中ではクチュクチュと舌がからみついた。

肉棒全体が唾液にどっぷりと浸ると、奈津美は小刻みに顔全体を上下させ、チュパチュパと強烈な摩擦を開始した。

溢れた唾液が陰嚢を濡らし、藤夫は激しい快感に身悶えた。

「い、いきそう……」

警告を発すると、すぐに彼女もスポンと口を引き離して顔を上げた。

「いいわ、入れて……」

「どうか、上から跨《また》いで」

彼が答えると、奈津美は身を起こして前進し、先端に濡れた割れ目を押し付けてきた。

そして自ら淫らに指で陰唇を広げてあてがうと、息を詰めて腰を沈め、ゆっくりと膣口に受け入れていった。

「アア……、いい気持ち……」

奈津美が顔を仰け反らせて喘ぎ、完全に座り込んでピッタリと股間を密着させた。膣内は、若いペニスを味わうようにキュッキュッと締まり、彼も温《ぬく》もりと感触に包まれた。

やがて彼女が身を重ねてきたので、藤夫も両手で抱き留め両膝を立てた。

「最初に会ったときから、しちゃうような気がしていたのよ」

奈津美が近々と顔を寄せて囁《ささや》いた。

「ね、母乳を顔にかけて……」

藤夫は、濃く色づいた乳首に滲む白濁の雫を見てせがんだ。

「いいわ、こう？」

彼女も答えて胸を突き出し、両の乳首を指で摘《つま》むと、ポタポタと新鮮な母乳が彼の顔に滴ってきた。さらに霧状の母乳も生温かく顔中に降りかかり、彼は雫を舌に受けて味わい、膣内でヒクヒクとペニスを震わせた。

「吸って……」

奈津美も息を弾ませて言い、彼の口に乳首を含ませてきた。

藤夫は吸い付き、薄甘い母乳で喉を潤し、両の乳首を心ゆくまで味わった。

そして快感に任せ、ズンズンと股間を突き上げはじめると、

「アア……、いいわ、もっと突いて……」

奈津美は熱く喘ぎ、合わせて腰を遣いながら何とも心地よい摩擦を繰り返してくれた。

「ね、唾も飲みたい……」

「何でも飲むのが好きなのね」

言うと奈津美は答え、快くたっぷりと口に唾液を溜め、トロトロと吐き出してくれた。

彼は美人妻の口から滴る白っぽく小泡の多い唾液を舌に受け、うっとり味わいながら喉を潤した。

「ミルクとどっちが美味《おい》しい？」

「両方……」

答えると、奈津美は腰の動きを激しくさせ、母乳に濡れた彼の顔中にヌラヌラと舌を這わせてくれた。

下から唇を重ねるとネットリと舌がからみつき、彼は滑らかな感触と唾液のヌメリに酔いしれた。さらに奈津美の口に鼻を擦り付けると、彼女も鼻の穴を舐め回してくれた。

藤夫は美人妻の悩ましい吐息と唾液の匂いに高まり、膣内でヒクヒクと幹を跳ね上げた。

「ああ、可愛《かわい》い……、中でオチンチンが悦《よろこ》んでいるわ……」

彼女も熱く喘ぎながら言い、膣内の収縮を活発にさせていった。

大量に溢れる愛液が彼の肛門の方にまで生温かく伝い流れ、動きに合わせてピチャクチャと淫らな摩擦音が響いた。

奈津美の花粉臭の吐息に鼻腔を刺激され、唾液のヌメリと膣内の摩擦に彼は急激に絶頂を迫らせた。

「い、いきそう……」

「いいわ、いっぱい出して。今度は藤夫くんのミルクをちょうだい……」

言うと彼女も答え、激しく股間を擦り付けてきた。

胸には巨乳が密着して母乳のヌメリが感じられ、恥毛が擦れ合い、藤夫も股間を突き上げながら昇り詰めてしまった。

「いく……、気持ちいい……！」

大きな絶頂の快感に口走り、彼は熱い大量のザーメンをドクンドクンと勢いよくほとばしらせ、柔肉の奥深くを直撃した。

「感じる……、アアーッ……！」

噴出を受け止めた奈津美は声を上ずらせ、オルガスムスのスイッチが入ったようにガクガクと狂おしい痙攣《けいれん》を開始した。

藤夫は彼女の唾液と吐息の匂いに包まれながら快感を嚙《か》み締め、心置きなく最後の一滴まで出し尽くしていった。

すっかり満足しながら徐々に突き上げを弱めていくと、

「ああ……、すごい……」

奈津美も声を洩《も》らし、肌の強ばりを解きながらグッタリと力を抜いてもたれかかってきた。

藤夫は重みと温もりを受け止め、まだ息づく膣内でヒクヒクと過敏に幹を震わせ、悩ましい花粉臭の吐息を間近に嗅ぎながら、うっとりと快感の余韻に浸り込んでいったのだった。

「ああ、気持ち良かった……。足の指まで舐められたの初めてよ……」

奈津美が、荒い息遣いを繰り返しながら囁いた。

「シャワーも浴びていないから恥ずかしかったけど、すごく良かったわ。今の若い人は草食系なんて聞いていたけど、君は違うのね……」

彼女が囁きながら、何度となく藤夫の顔中にチュッチュッと唇を押し当て、余韻を味わいながら呼吸を整えていった。

やがて奈津美が身を起こし、そろそろと股間を引き離すとティッシュで割れ目を拭い、屈み込んで、愛液とザーメンにまみれたペニスにしゃぶり付いてくれたのだ。

「ああ、若い男の子の匂い……」

彼女は言い、念入りに尿道口を舐め回し、まるで与えた母乳の分を取り返すようにヌメリを貪った。

「あう……、どうか、もう……」

藤夫がクネクネと腰をよじらせて降参すると、ようやく彼女も舌を引っ込め、ティッシュに包み込んでペニスを拭き清めてくれた。

「さあ、じゃ私は仕事に戻るわね」

奈津美が言って起き上がり、手早く身繕いをして部屋を出て行った。

そしてビデを使うのかトイレに入り、洗面所で髪を直してから台所へと戻っていった。

藤夫も少し休んでから服を着て、また取材ノートに向かったのだった。

3

「もう今日は、練習はお休みなの」

二十歳になる二年生の、咲枝が藤夫の部屋に来て言った。

連中は午後二時過ぎにマラソンで戻ってきて、シャワーを浴びて町へ出ていったのだ。

奈津美が車で買い出しに行くというので、百合香に明日香、杏里と涼子も一緒に乗って買い物に行ったのだ。車は五人乗りなので、咲枝は昼寝をすると言って残ったらしい。

「そう、みんなの帰りは夕方になるだろうね」

藤夫は、咲枝の淫らな意図を感じながら股間を熱くさせた。

彼も少し午睡を取ったので、もう淫気はすっかり回復していた。

Tシャツと短パン姿の咲枝は、一人だけまだシャワーも浴びず、甘ったるい汗の匂いを漂わせていた。

眉が濃く、気の強そうな眼差《まなざ》しが魅惑的だが、彼女もまだ処女なのである。

「明日香と涼子の処女を奪ったんですって？」

咲枝が、悪戯《いたずら》っぽい笑みを浮かべて言った。

「奪ってないよ。ほとんど僕の方が受け身だからね」

「私ともしたい？　私が最後の処女よ」

「それは、すごくしたいよ」

藤夫は、彼女のストレートな物言いに勃起しながら答えた。

「二人に聞いたら、お兄さんはいっぱい舐めてくれるって言ってたわ。それに、シャワー浴びる前の匂いが好きだって」

「うん、ナマの女性の匂いに憧れていたからね」

「そう、私も自然の匂いが好き。女の子同士しか経験していないけど」

咲枝が艶めかしい眼差しで言う。

女子ばかりの学校に長くいて、同性との戯れを多くしてきたようだが、それでもバイブオナニーもしているので、必ずしもレズ専門ではなくペニスへの憧れは強いようだ。

単に男との出会いの機会がなく、今日まで処女を保ってしまったらしい。

「じゃ脱ぎましょう。男の人の身体《からだ》を見たいわ」

咲枝が言い、持ってきたポーチを置いて自分からシャツを脱ぎはじめた。

藤夫も期待に胸を高鳴らせ、手早く脱いで全裸になり、先に布団に横になって彼女を眺めた。

咲枝も、ためらいなく最後の一枚を脱ぎ去って向き直った。乳房も形良く、さすがに引き締まって均整の取れたプロポーションだ。

彼は生ぬるく甘ったるい汗の匂いを感じながら、激しく勃起したペニスをヒクヒク震わせた。

「わあ、すごい勃《た》ってるわ」

咲枝が目を輝かせて言い、物怖《ものお》じせず大股開きになった彼の股間に屈み込んできた。

「これが本物なのね……」

彼女が言い、すぐにも指を這わせてきた。

藤夫は処女の熱い視線と息を感じ、無垢《むく》な愛撫にヒクヒクと幹を震わせた。

すでにバイブで処女喪失をし、涼子以上に快感を知っているのだろうが、やはり彼女にとって初めての男となると、藤夫の興奮と悦びも最大限に膨れ上がっていた。

咲枝は勃起した幹を撫で、張り詰めた亀頭をいじり、陰囊にも触れて二つの睾《こう》丸《がん》を確認した。そして身を乗り出し、そっと先端を嗅いでからチロリと舌を這わせて尿道口を舐めた。

「あう……」

藤夫は唐突な快感に呻き、刺激に幹を上下させた。

「ふふ、動いてるわ。それに血が通って温かい……」

咲枝も、作り物のバイブとは違う感想を洩らした。

「でも匂いがないのね。朝にシャワー浴びた？」

「うん……」

彼は答えたが、実際は昼に奈津美としたあと浴びたのだ。

「自分は綺麗《きれい》にするのね」

咲枝は言い、再び先端にチロチロと舌を這わせ、張り詰めた亀頭にしゃぶり付いてきた。

年中バイブを、挿入前に舐めて濡らしているのだろう。舌遣いは実に念入りで巧みで、たちまち亀頭は生温かく清らかな唾液にたっぷりとまみれた。

さらに喉の奥までスッポリ呑み込まれると、

「ああ、気持ちいい……」

藤夫は快感に喘ぎ、処女の口の中で幹を震わせた。

「ンン……」

咲枝は先端がヌルッとした喉の奥に触れるほど深々と含み、熱く鼻を鳴らしながら舌をからめ、幹を締め付けて吸った。

そして危うくなった彼が警告を発する前に、充分に唾液に濡らしただけで咲枝はチュパッと口を引き離した。感触と味わいを確かめただけで、もう充分なのかも知れない。

「じゃ、私にして下さい」

咲枝が言って仰向けになったので、入れ替わりに藤夫も身を起こし、まずは彼女の足の裏に迫っていった。

踵から土踏まずを舐めると、

「あん、そんなところから……？」

咲枝がビクリと反応して喘ぎ、それでも身を投げ出していた。

足指の間に鼻を押し付けて嗅ぐと、今日は新体操だけではなく野山のマラソンも長くしていたため、そこは生ぬるい汗と脂にジットリ湿っていた。

蒸れた匂いが濃厚に沁み付き、藤夫は貪るように嗅いで刺激を味わい、爪先にしゃぶり付いて指の股に舌を割り込ませた。

「あう……、くすぐったいわ……」

咲枝が呻き、爪先で彼の舌先を挟み付けた。年中新体操で跳躍しては激しく着地しているのに、足指は相当に敏感なようだ。

藤夫は順々に足指の股に舌を挿し入れて味わい、両足とも味と匂いを貪り尽くしてしまった。

そして大股開きにさせ、バネを秘めたスベスベの脚の内側を舐め上げて股間に迫っていった。

引き締まって張りのある内腿を舌でたどり、中心部に目を凝らすと、やはりぷっくりした丘に煙る恥毛はほんのひとつまみで、割れ目からはみ出す陰唇はヌラヌラと清らかな蜜にまみれていた。

指を当てて左右に広げると、すでにバイブを知っている膣口が襞を震わせて息づき、ポツンとした尿道口も確認できた。包皮の下からは、小豆大のクリトリスが光沢を放って突き立っている。

みな似ているようで、微妙に違っていた。

藤夫は思わず、みんな違ってみんないい、という詩を思い出した。

吸い寄せられるように、熱気と湿り気の籠もる股間に顔を埋め込み、柔らかな若草に鼻を擦り付けて嗅ぐと、やはり汗とオシッコの匂いに混じり、恥垢《ちこう》のチーズ臭もほんのり混じり、悩ましく鼻腔を刺激してきた。

胸を満たしながら舌を挿し入れ、淡い酸味のヌメリを掻き回し、無垢な膣口からクリトリスまで舐め上げていくと、

「アアッ……！」

咲枝がビクッと顔を仰け反らせて喘ぎ、内腿でムッチリときつく彼の顔を挟み付けてきた。

藤夫はもがく腰を押さえつけ、チロチロとクリトリスを舐め回しては、新たに溢れてくる愛液をすすった。

さらに両脚を浮かせ、尻の谷間に迫ると、薄桃色の蕾が恥じらうようにキュッと引き締まった。鼻を埋め込むと、張りのある双丘が顔中に密着し、蒸れた微香が感じられた。

貪るように嗅いでから舌を這わせ、細かに収縮する襞を濡らしてヌルッと潜り込ませ、滑らかな粘膜を探った。

「く……、いい気持ち……」

咲枝が呻き、モグモグと味わうように肛門で舌先を締め付けてきた。

羞恥や抵抗感より、快感を優先させているようだ。

あるいは肛門へのオナニーもしているのではないかと思ったが、その答えはすぐに出た。

「これ、お尻の穴に入れて……」

と、彼女が枕元に置いたポーチから、何か器具を取り出して渡した。

手に取って見ると、それは楕円形《だえんけい》をしたローターで、電池ボックスにコードが繋《つな》がっていた。

藤夫も興味を抱き、唾液に濡れた肛門にローターをあてがい、指の腹を当てて押し込んでいった。

「あう、もっと強く奥まで……」

咲枝は、自ら浮かせた両脚を抱えて呻き、括約筋を緩めた。肛門の襞が伸びて光沢を放ち、丸く押し広がると、ローターは見る見る潜り込んで見えなくなってしまった。

あとは肛門からコードが伸びているだけだった。

藤夫が電池ボックスのスイッチを入れると、奥からブーン……と低い振動音が聞こえてきて、

「ああ、気持ちいいわ。前にペニスを入れて……」

咲枝が脚を下ろしてせがむので、彼も身を乗り出して股間を迫らせていった。

4

「大丈夫かな。じゃ、入れるよ」

藤夫は言い、処女の膣口に亀頭を押し付けて、ゆっくり挿入していった。

処女膜が丸く広がり、亀頭が潜り込むと、あとは滑らかにヌルヌルッと吸い込まれていった。

「アア……！」

咲枝が熱く喘ぎ、深々と嵌《は》まり込んだペニスをキュッと締め付けてきた。

それにしても、これほど痛みがなく快感ばかりの処女喪失があるだろうか。

しかも肛門にはローターが入っているから、彼女は前後ダブルの快感を得ているのである。

藤夫も、心地よい肉襞の摩擦と大量の潤い、温もりときつい締め付けに包まれながら股間を密着させた。

ローターが直腸に入っているから締め付けは倍加し、しかも振動が間の肉を通し、ペニスの裏側にも妖しい刺激が伝わってきた。

彼は脚を伸ばして身を重ね、屈み込んでピンクの乳首に吸い付いた。

舌で転がし、張りのある膨らみを顔中で味わうと、

「ああ、いい気持ち……」

咲枝も下から両手を回して激しくしがみつき、甘ったるい体臭を揺らめかせて喘いだ。

藤夫が左右の乳首を交互に含んで舐め回すと、彼女も感じるたびキュッと膣内を締め付けて応えた。動かなくても、ローターの振動で彼はジワジワと高まってきた。

さらに咲枝の腕を差し上げ、腋の下に鼻を埋め込むと、スベスベのそこは生ぬるくジットリ湿り、甘ったるい汗の匂いが濃く沁み付いていた。

嗅ぐたびに悩ましい匂いが胸を満たし、甘美な悦びがペニスに伝わって内部でヒクヒクと跳ね上がった。

ほのかな汗の味のする首筋を舐め上げ、上からピッタリと唇を重ねると、

「ンン……」

咲枝も熱く鼻を鳴らし、自分からネットリと舌をからめてきた。

藤夫も滑らかに蠢く舌を味わいながら、徐々に腰を突き動かしはじめた。

締め付けはきついが前後の刺激に愛液の分泌は多く、すぐにも動きが滑らかになっていった。

「ああ……、いいわ、もっと強く……」

咲枝が口を離し、ズンズンと股間を突き上げてきた。

彼女の吐息は熱く湿り気があり、明日香や涼子のような甘酸っぱい果実臭に混じり、昼食の名残か微《かす》かなオニオン臭の刺激も含まれて、ゾクゾクと彼の胸を震わせた。

やはり刺激が濃いほど、美しい顔立ちとのギャップ萌《も》えで興奮が増してくるのだった。

藤夫は咲枝の喘ぐ口に鼻を押し込み、悩ましい匂いを貪りながら、次第に股間をぶつけるように激しく動きはじめていた。

胸の下で張りのある乳房が押し潰れて弾み、柔らかな恥毛が擦れ合った。

彼女が股間を突き上げるたび、コリコリする恥骨の膨らみも伝わってきた。

溢れる愛液が互いの股間をビショビショにさせ、彼女もすっかり高まったように何度かビクッと身を仰け反らせた。

傍《はた》から見たら、誰が初体験の光景だと思うだろうか。

「アア……、いっちゃう……、すごいわ、バイブより気持ちいい……」

咲枝が口走り、褒められているのかどうか分からないが、藤夫も律動を続けながら絶頂を迫らせていった。

すると先に、咲枝がガクガクと狂おしい痙攣を開始し、膣内の収縮を強めて身悶えはじめた。

「い、いく……、ああーッ……！」

声を上ずらせて腰を跳ね上げ、激しいオルガスムスの波に全身を震わせた。

藤夫も、その勢いに巻き込まれるように続いて絶頂に達し、大きな快感に全身を貫かれてしまった。

「く……！」

呻きながら、熱い大量のザーメンをドクンドクンと勢いよく注入すると、

「あう、熱いわ。もっと出して、いい気持ち……」

咲枝が噴出を感じて駄目押しの快感に呻き、飲み込むようにキュッキュッとき
つく締め付けてきた。
やはり涼子と同じく、バイブと違って射精する感触に大きく感じたようだ。
藤夫も腰を突き動かしながら心ゆくまで快感を嚙み締め、最後の一滴まで出し
尽くしていった。
満足しながら動きを弱めてゆき、やがてグッタリともたれかかると、
「アア……、男がこんなにいいなんて……」
咲枝も肌の硬直を解いて言い、力を抜いて四肢を投げ出していった。
完全に動きを止めても、まだローターがブンブンとくぐもった振動音を繰り返
していた。
藤夫は、振動と収縮の中でヒクヒクと過敏にペニスを震わせ、咲枝の吐き出す
悩ましい息の匂いを嗅ぎながら、うっとりと余韻を味わった。
そして呼吸を整えると身を起こし、電池ボックスのスイッチを切ってからペニ
スを引き抜いた。
割れ目を見たが、やはり処女喪失とはいえ出血は見当たらず、彼はコードを握
って、切れないよう注意深くローターを引っ張り出しにかかった。

「く……」

身を投げ出した咲枝が呻き、懸命に括約筋を緩めると、可憐《かれん》な肛門が丸く押し広がり、奥からピンクのローターが顔を覗《のぞ》かせた。

さらに引っ張ると肛門が最大限に広がり、排泄《はいせつ》されるようにツルッとローターが抜け落ちた。

肛門は一瞬、開いて中の粘膜を覗かせたが、徐々につぼまって元の可憐な蕾に戻っていった。ローターに汚れの付着はないが、微かに表面が曇って微香が感じられた。

藤夫はローターをティッシュに包み、濡れた割れ目も拭き清めてやった。

そしてペニスを拭こうとすると、

「待って……」

咲枝が言って身を起こし、彼の股間に顔を寄せてきた。

そして愛液とザーメンにまみれた先端に鼻を寄せて嗅ぎ、尿道口に舌を這わせてきたのだ。

「あう……」

藤夫は刺激に呻き、過敏にヒクヒクと幹を震わせた。

「これがザーメンの味と匂いね。生臭いけど、嫌じゃないわ……」

咲枝が素直な感想を洩らし、気が済むとティッシュで丁寧にペニスを拭き清めてくれた。

彼は身を投げ出して呼吸を整え、咲枝は身繕いをし、ティッシュに包んだローターをポーチにしまい、満足げに部屋を出て行ったのだった。

5

「さすがに今日は疲れたようで、みんな早寝するようだわ」

夕食の後片付けをしながら、奈津美が藤夫に言った。

やはりマイペースで行う新体操の練習と違い、みなでマラソンをして共同のストレッチをするのはきつかったようだ。

五人は順々に入浴を済ませ、部屋に戻っていったようだ。

してみると、今夜はみんな疲れて寝るようだから、誰かが部屋に来てくれる望みは少ないだろう。

そうなると、逆に藤夫はムラムラと淫気を湧かせてしまったのだった。

「ね、今はもうお乳は張っていない？」

一緒に片付けを終えると、藤夫は甘えるように奈津美に言った。

「もう張ってないわ。でも少しだけなら」

彼女は答え、ブラウスのボタンを外して胸を寛《くつろ》げてくれた。もう誰も食堂に来るものはいない。

出来るとなると、藤夫は激しく勃起しながら彼女の胸に屈み込んだ。

奈津美も、フロントホックを外して巨乳を露《あら》わにしてくれた。しかし母乳の雫は滲んでいなかった。

昼前から彼女もずいぶん働いていたから、すっかり甘ったるい汗の匂いも濃く籠もり、彼は色づいた乳首にチュッと吸い付き、生ぬるい体臭に包まれながら舌で転がした。

「ああ……」

奈津美も、念のため他の人に聞こえないよう控えめに喘ぎ、うねうねと熟れ肌を波打たせはじめた。

強く吸い付くと、ほんの少しだけ生ぬるい母乳が滲んで舌を濡らしたが、左右とも、もうあまり出てこなかった。

それでも彼は両方の乳首を充分に味わい、顔中で巨乳の感触を堪能《たんのう》し、腋の下にも潜り込んで、色っぽい腋毛に籠もる濃厚な汗の匂いに噎《む》せ返った。

そして藤夫はキッチンの床に座り込み、彼女の股間を求めた。

すると奈津美もロングスカートをめくり上げて下着を脱ぎ去り、股間を突き出してくれたのだ。

藤夫は柔らかな茂みに鼻を擦りつけ、汗とオシッコの匂いを貪り、割れ目に舌を這わせていった。

クリトリスをチロチロと舐め回し、チュッと吸い付くと、

「あう……」

奈津美がビクリと反応して呻いた。彼は片方の脚を浮かせて椅子に乗せさせ、開いた股間に潜り込んで舐め、次第にヌラヌラと溢れてくる淡い酸味の愛液をすすった。

「アア……、もうダメよ。大きな声が出そう……」

「じゃお尻を向けて」

彼女が熱く喘ぎながら言い、脚を下ろしてしまったので、藤夫もいったん顔を引き離して答えた。

奈津美は裾をめくって藤夫に背を向けると、テーブルに屈み込んで白く豊満な尻を突き出してくれた。全裸でなく、尻だけ丸見えなのが実に艶めかしく、しかもキッチンというのが興奮をそそった。

藤夫は両の指でムッチリと双丘を広げ、蕾に鼻を埋めて蒸れた微香を嗅ぎ、舌を這わせてヌルッと潜り込ませた。

「く……！」

奈津美が呻き、キュッと肛門で舌先を締め付けてきた。

そして彼は念入りに舌を蠢かせ、美人妻の前も後ろも味わい尽くすと、ようやく顔を離して自分も下着ごと短パンを脱ぎ去ってしまった。

「入れないでね。力が抜けて帰れなくなるから。その代わり、お口でしてあげるからミルクを飲ませて」

彼女が艶めかしい眼差しで囁くと、藤夫も激しく勃起しながら椅子に腰を下ろした。

「おしゃぶりの前にキスしたい」

言うと奈津美も屈み込んでピッタリと唇を重ね、チロチロと滑らかに舌をからめてくれた。

藤夫も生温かな唾液と舌の蠢きをうっとり味わいながら、巨乳に手を這わせて乳首をつまんだ。

「ああ……、もういいでしょう……」

奈津美が口を離して言い、熱い息を吐きかけてきた。その口に鼻を押し付けて嗅ぐと、湿り気とともに花粉のような甘さと、ほんのり混じる夕食の名残のガーリック臭がゾクゾクと鼻腔を刺激してきた。

やはりどんな美女でも、夕食後にケアしなければ刺激的な匂いがするのだ。

これもギャップ萌えの興奮が湧き、藤夫は貪るように奈津美の吐息を嗅ぎながら、彼女にペニスをいじってもらった。

「アア……」

奈津美は羞《は》じらいながらも惜しみなく息を吐きかけてくれ、ニギニギと微妙なタッチでペニスを愛撫してくれた。

「唾も……」

せがむと彼女も口移しに生温かな唾液をトロトロと注ぎ込んでくれ、さらに鼻の穴も舐め回してくれた。

藤夫はうっとりと喉を潤して酔いしれ、唾液と吐息の匂いに高まっていった。

「い、いきそう……」

言うと奈津美は身を離し、床に膝を突いた。

彼は椅子にもたれかかって、大股開きになって両脚を伸ばすと奈津美が真ん中に入って顔を寄せ、幹に指を添えながら先端にヌラヌラと舌を這わせ、熱い息を籠もらせて亀頭にしゃぶり付いてくれた。

スッポリと根元まで呑み込んで吸い付き、スポスポと摩擦しはじめると、

「ああ、気持ちいい……」

藤夫はうっとりと喘ぎ、唾液にまみれたペニスを快感に震わせた。

「ンン……」

奈津美は熱く鼻を鳴らし、強烈な愛撫を続けながら、指先でサワサワと陰嚢をくすぐってくれた。

「見つめて」

彼女がいったん口を離して言い、藤夫が股間に目を遣《や》ると、再び含んで濃厚に摩擦を繰り返した。見下ろすと彼女もじっと見上げ、藤夫は美女の視線を眩《まぶ》しく感じながらも急激に絶頂を迫らせた。

女性と無言で長く目を見つめ合うなど初めてのことである。

奈津美も熱い視線を逸《そ》らさず、お行儀悪くチュパチュパと音を立ててしゃぶり続けた。

「い、いく……、アアッ……！」

たちまち藤夫は昇り詰め、大きな快感に声を洩らした。布団ではなく、キッチンでするというのも実に新鮮である。同時にありったけの熱いザーメンが、ドクンドクンと勢いよくほとばしった。

「ク……」

噴出を喉の奥に受け、奈津美は小さく呻きながらも吸引と摩擦、舌の蠢きを続行してくれた。

いつものことながら、一方的な愛撫を受けて美女の清潔な口を汚すという禁断の快感は格別なものだった。

しかも噴出を受け止めながら、奈津美が上気した頬をすぼめてチューッと吸い出してくれるので、彼は魂まで吸い取られそうな、思わず腰を浮かせるほどの快感にヒクヒクと震えた。

奈津美は唇で幹を締め付けながら摩擦し、舌と口蓋に亀頭を挟み付け、舌鼓でも打つような蠢きを繰り返した。

「ああ……」

藤夫は快感に身悶え、心置きなく最後の一滴まで出し尽くしてしまった。

しかも美女と目を見つめ合いながらの絶頂は、実に大きな快感をもたらしてくれたのだった。

気が済んでグッタリと力を抜くと、ようやく奈津美も愛撫を止《や》め、亀頭を含んだまま口に溜まった大量のザーメンをゴクリと飲み干してくれた。

「あう……」

キュッと口腔が締まり、藤夫は駄目押しの快感に呻いた。

生きた精子が彼女に吸収されて栄養になり、それがまた母乳に変わっていくのだろう。

やっと彼女もスポンと口を離し、両手のひらで錐揉《きりも》みにするように余りを絞り出し、尿道口に脹《ふく》らむ白濁の雫までペロペロと丁寧に舐め取って、綺麗にしてくれた。

「も、もう……」

舌の刺激にヒクヒクと過敏に震えながら藤夫が声を絞り出すと、奈津美も舌を引っ込めてくれた。

「多くて濃いわ。昼間あんなにしたのに」

彼女が股間から、ヌラリと淫らに舌なめずりして言った。

もちろん奈津美は、藤夫が午後にも咲枝としたことなど夢にも思っていないだろう。

やがて彼女はブラを装着してブラウスのボタンを嵌め、下着も整えて立ち上がった。

そしてまだ息を弾ませている藤夫を優しく胸に抱いてくれ、髪を撫でながら甘い息で囁いた。

「可愛いわ。またしましょうね」

藤夫は、美人妻の熱く湿り気ある濃厚な吐息を嗅ぎながら温もりに包まれ、うっとりと快感の余韻を味わったのだった。

やがて奈津美は帰ってゆき、藤夫も身繕いをして灯《あか》りを消し、戸締まりを確認してから自分の部屋に戻った。

やはり他の部屋の皆は、すっかり眠っているようで静まりかえっている。

藤夫はメールチェックをしてから、さすがに心地よい疲労感に力が抜け、すぐ横になった。

今日は、特に編集長からのメールはなかった。

藤夫は他のＳＮＳも一通り覗いてみたが、やがてスイッチを切って身を投げ出した。

（今日も、何人も相手にしたんだなあ……）

藤夫は、今まで全くモテなかったのは何だったのだろうと思った。

もちろん今までもオナニーを日に三回ぐらいはしていたのだから、射精回数はそれほど変わりはない。

ただ生身を相手にすると肉体も駆使するから、オナニーより疲れるが、何より充実感と深い満足があった。まして一人を相手ではなく、何人もいるのでバラエティにも富んでいる。

そのうちセックスの運動量だけで、小太りの肉体が引き締まってくるかも知れない。

実に贅沢な日々であり、一生分のモテ期が一気に押し寄せたようだ。

（とうとう、六人の中の五人としてしまったんだ……）

彼は思った。バツイチの美熟女に母乳妻、処女三人を体験し、残るはキャプテンの杏里だけである。

その杏里も、何やら難なく出来そうな気がしていた。

どうせ女子大生四人は大部屋で寝ているのだから、藤夫の話題だって出て、杏里も三人が彼とセックスしていることも知っているだろう。

やがて藤夫は目を閉じ、明日にも大いなる期待をしながら眠りに就いたのだった……。

第四章　二人がかりで貪《むさぼ》られて

1

「入ってもいい？　今日は私は午後お休み。百合香先生があの三人を徹底的にコーチするようだから」

杏里が、藤夫の部屋に入ってきて言った。昼食を終え、百合香と三人は体育館で練習を始め、奈津美は買い物に出た。

「そう、どうぞ」

藤夫が布団に座って答え、微《かす》かな期待に股間を熱くさせると、彼女も遠慮なく畳に腰を下ろして脚を投げ出した。

タンクトップの胸にぽっちりと乳首が突き出て、短パンからは逞《たくま》しい脚がニョッキリと伸びていた。

髪はポニーテールで、眉も目もきりりとしたくノ一タイプ。長身で脚は長く、タンクトップの上からでもシックスパックの腹筋が分かり、太腿《ふともも》も引き締まった筋肉が窺《うかが》えた。

そして杏里も午前中は激しい練習をして、今日はまだシャワーも浴びていないようだから、甘ったるい汗の匂いが室内に立ち籠めはじめていた。

「百合香先生が、なぜあなたをバイトに呼んだか分かります？」

杏里が、切れ長の目力でじっと彼を見つめながら訊《き》いてきた。

「それは、男に見られることにも慣れるように」

「ええ、それもあるけれど、実は処女を失わせるためだったの」

「え……？」

彼女の言葉に、藤夫は目を丸くした。

「あの三人は、技術は高度だけどまだ硬さがあるので、男を知って柔軟さを得させるため。しかも恋愛対象にならないような、スポーツマン以外のタイプ」

杏里が言う。

処女を失うと柔軟性が増すのかどうか彼には分からないが、要するに快楽の道具として呼ばれたというのが第一だったようだ。

処女たちの快楽の道具というだけで、藤夫はゾクゾクと興奮して勃起しはじめてしまった。

恋愛対象などでなくても、彼はセックスできれば充分だし、彼女たちも独占欲が湧かず共有する意識が芽生えているようだ。

初対面のとき百合香が藤夫を見て、イメージにピッタリと言ったのは、そういうことのようだった。

「じゃ、百合香さんも、僕が三人としていることを知っているんだ……」

「ええ、それで今日、その成果を見るためコーチしているの」

それで彼が誰としようとも、百合香が急に部屋へ来たりするようなこともなく女性たちがカチ合うことはなかったのだろう。

「それにしても、性格の違うあの三人を上手に扱うなんてすごいわ」

「別に、僕が好きなようにしただけだし、三人のうち二人はすでにバイブで快感も知っていたから」

「ううん、もし淡泊なタイプだったら、当てが外れたところだったわ」

杏里が、目をキラキラさせながら値踏みするように彼を見つめた。

すでに何人かの男を知っているらしい杏里も、藤夫がどのようなものか興味が湧いているのだろう。

「私も、試してみてもいいですか？」

「うん、もちろん」

「三人に聞いたけど、ナマの匂いがないと燃えないというので、私も我慢してシャワー浴びてないんです」

杏里は言い、立ち上がってタンクトップと短パンを脱ぎはじめた。何と短パンの下は何も着けていなかった。そして、さすがに均整の取れた逞しい肢体を露《あら》わにしていった。

藤夫も手早く全裸になり、布団に横になった。

「あの、してほしいことがあるのだけど」

「いいわ、何でも言って下さい」

「じゃここに座って」

彼は仰向《あおむ》けになり、下腹を指して言った。

「こうですか……？」

杏里は全裸で近づき、長い脚で彼の腹を跨《また》ぎ、恐る恐るしゃがみ込んできた。割れ目が下腹に密着し、藤夫は立てた両膝に彼女を寄りかからせた。

「脚を伸ばして、顔に乗せて」

「わあ、こんなことするの初めて……」

彼女も興奮を高めたように息を弾ませて言い、そろそろと片方ずつ長い脚を伸ばしてくれた。

両の足裏が顔に密着すると、

「何だか、コックピットに座ったみたい……」

杏里は言いながら、何度か股間を押しつけてバランスを取った。

藤夫はアスリート美女の全体重を受け、その重みと温《ぬく》もりに陶然となった。

足裏に舌を這《は》わせながら、鼻に押し付けられた両の指の間を嗅ぐと、やはりそこは生ぬるい汗と脂にジットリ湿り、蒸れた匂いが濃厚に沁《し》み付いて鼻腔《びこう》を刺激してきた。

藤夫はムレムレの匂いで胸を満たし、それぞれの爪先にしゃぶり付いて、順々に指の股に舌を割り込ませて味わった。

「あう……、くすぐったいわ……」

杏里が呻《うめ》き、クネクネと腰をよじらせた。

そして密着して擦れる割れ目の潤いが、徐々に増していく様子が下腹にも伝わってきた。あるいは彼女が今まで関係した男たちは、爪先など舐《な》めなかったのかも知れない。

藤夫は味と匂いを貪り、両足とも味わい尽くしてしまった。

「じゃ前に来て、顔にしゃがんで」

言うと杏里も素直に腰を浮かせ、彼の顔の両側に足を突いて前進してきた。

和式トイレスタイルで完全に顔に跨がってしゃがみ込むと、長い脚がM字になり、筋肉質の脹《ふく》ら脛《はぎ》と太腿がムッチリと張り詰め、濡《ぬ》れた割れ目が鼻先に迫ってきた。

やはり恥毛は手入れされて範囲も狭く淡いもので、割れ目からはみ出す陰唇はヌメヌメと蜜に潤っていた。

指で広げると、花弁状に襞《ひだ》の入り組む膣口《ちつこう》が妖しく息づき、意外に大きめのクリトリスが包皮を押し上げるようにツンと突き立っていた。

腰を抱き寄せて恥毛に鼻を埋め込んで嗅ぐと、甘ったるい汗の匂いが濃厚に籠もって鼻腔を刺激し、ほのかな残尿臭も感じられた。

胸を満たしながら舌を這わせると、生ぬるく淡い酸味のヌメリが動きを滑らかにさせ、彼は膣口からクリトリスまでゆっくり舐め上げていった。

「アァッ……！」

杏里がビクッと反応して熱く喘《あえ》ぎ、ヒクヒクと柔肉を蠢《うごめ》かせた。

藤夫はチロチロと舌先で小刻みにクリトリスを刺激しては、トロトロと溢《あふ》れる愛液を掬《すく》い取った。

さらに尻の真下に潜り込み、顔中に白く丸い双丘を受け止めながら、谷間の蕾《つぼみ》に鼻を埋め込んだ。

薄桃色でややグレイがかった蕾は、綺麗《きれい》な襞が細かに揃《そろ》って収縮し、蒸れた匂いが籠もって悩ましく鼻腔を掻《か》き回してきた。

舌を這わせて襞を濡らし、ヌルッと潜り込ませて滑らかな粘膜を探ると、

「あう……、変な気持ち……」

杏里が呻き、モグモグと肛門《こうもん》で舌先を締め付けてきた。

いくら何人か男を知っていても、爪先や肛門を舐めてもらっていないのなら、そんなものはセックスではないのではないかと藤夫は思った。

とにかく内部で舌を蠢かせ、彼は再びクリトリスに吸い付いた。

「ああ……、い、いきそうよ……」

杏里が声を上ずらせて言い、舌だけで果てるのが勿体《もったい》ないように、ビクッと股間を引き離した。

そして仰向けの彼の上を移動し、ペニスに屈《かが》み込んできた。

「太いわ……」

杏里が言い、やんわりと幹を手のひらに包み込むと、粘液の滲《にじ》む尿道口にチロチロと舌を這わせてきた。

確かに藤夫のペニスは長くはないが、亀頭が大きめで傘が張っている。

彼女が先端を舐め回し、張り詰めた亀頭をくわえると、そのままスッポリと喉の奥まで呑《の》み込んでいった。

快感の中心が、美女の温かく濡れた口に根元まで含まれ、彼はヒクヒクと幹を震わせて快感を味わった。

杏里も熱い息を股間に籠もらせ、幹を丸く締め付けて吸い、口の中では念入りに舌をからめてきた。さらに顔を上下させ、スポスポと濡れた口で強烈な摩擦を開始してくれた。

「ああ、気持ちいい……」

藤夫が喘ぎ、合わせてズンズンと股間を突き上げた。

溢れた唾液が陰嚢《いんのう》の横を伝い、肛門の方にまで生温かく流れてきた。

「入れたいわ……」

やがて彼が絶頂を迫らせて危うくなる前に、杏里がスポンと口を離し、顔を上げて言った。

2

「じゃ跨いで上から入れて」

「女上位が好きなのね。どうして？」

藤夫が求めると、すでに三人から聞いていた杏里も身を起こして跨がりながら言った。

「女性の顔を下から見上げるのが好きだから」

「ちょっとマゾっぽいのかしら」

「どっちかというとフェチなんだ。女上位なら唾を垂らしてもらえるし」

藤夫も、ここ数日で多くの体験をしたから、もう羞恥もなく言えた。

するると杏里も、先端に濡れた割れ目を押し当て、息を詰めてゆっくり腰を沈み込ませていった。

張り詰めた亀頭が潜り込むと、あとはヌメリと重みでヌルヌルッと滑らかに根元まで嵌《は》まり込んだ。

藤夫は、とうとう最後の一人とも一つになれた悦《よろこ》びに包まれた。

「アアッ……！」

杏里が顔を仰《の》け反《ぞ》らせて喘ぎ、座り込んでピッタリと股間を密着させた。

そして上体を起こしたままグリグリと股間を擦り付けると、それほど豊かではないが形良い乳房が揺れて汗の匂いが甘ったるく漂い、腹筋が浮かび上がって妖しく躍動した。

藤夫も肉襞の摩擦ときつい締め付け、熱い温もりと大量の潤いに包まれて快感を嚙《か》み締めた。

やがて彼女が身を重ねてくると、藤夫は潜り込むようにしてピンクの乳首にチュッと吸い付き、舌で転がしながら顔中で膨らみの感触を味わった。

「ああ、いい気持ち……、嚙んで……」

杏里が喘ぎながら言い、膨らみを押し付けてきた。

過酷な練習に明け暮れている彼女は、ソフトタッチの愛撫《あいぶ》より、痛いぐらいの刺激が好みのようだった。

藤夫も前歯でコリコリと軽く乳首を刺激し、もう片方も含んで舐め回し、舌と歯で愛撫してやった。

「アア……、いきそう……」

杏里が腰を動かしはじめ、収縮を強めながら喘いだ。

藤夫は左右の乳首を味わい、もちろん腋《わき》の下にも鼻を埋め込んで、甘ったるい濃厚な汗の匂いを貪って胸を満たした。

そして首筋を舐め上げていくと、彼女も完全に身を重ねてきたので両手で抱き留め、僅かに両膝を立て、下から唇を求めていった。

彼女もピッタリと唇を重ね、藤夫は舌を挿し入れて滑らかな歯並びを舐め回した。すると杏里もネットリとからめ、生温かな唾液に濡れた舌を滑らかに蠢かせてくれた。

「唾を垂らして、いっぱい……」

囁《ささや》きながら、ズンズンと股間を突き上げはじめると、

「ああ……、いい気持ち……」

杏里は口を離して喘ぎ、懸命に唾液を分泌させ、小泡の多い粘液をトロトロと吐き出してくれた。

藤夫は舌に受けて味わい、うっとりと喉を潤した。

彼女の喘ぐ口に鼻を押し付けて嗅ぐと、熱く湿り気ある息はシナモンに似た匂いを含んで悩ましく鼻腔を刺激してきた。

「顔中も唾でヌルヌルにして……」

さらにせがむと、杏里は舌を這わせ、彼の鼻筋から頬、耳の方まで舐め回してくれた。

舐めるというより、垂らした唾液を舌で塗り付ける感じで、たちまち顔中はヌラヌラと生温かな唾液にまみれ、悩ましい匂いが鼻腔を満たした。

藤夫は美女の唾液と吐息の匂いに包まれながら突き上げを強め、激しい快感に高まっていった。

大量の愛液が律動を滑らかにさせ、互いの股間がビショビショになりながら、クチュクチュと湿った摩擦音も聞こえはじめた。

もう我慢できず、藤夫が激しく股間を突き上げながらフィニッシュを目指しはじめると、先に彼女が狂おしい痙攣《けいれん》を開始した。

「い、いっちゃう……、アアーッ……！」

杏里が声を震わせて言い、膣内の収縮を強めてオルガスムスに達してしまったようだ。

続いて藤夫も、彼女の悩ましいシナモン臭の吐息を嗅ぎながら、摩擦快感の中で激しく昇り詰めた。

「く……！」

大きな快感に呻き、熱い大量のザーメンをドクンドクンと勢いよく中にほとばしらせ、奥深い部分を直撃すると、

「あう、感じる……！」

噴出を受けた杏里が、駄目押しの快感を得て呻き、キュッキュッときつく締め上げてきた。

なおも動きながら快感を味わい、心置きなく最後の一滴まで出し尽くしていくと、やがて彼は満足しながら突き上げを弱めていった。

「ああ……」

すると杏里も声を洩《も》らし、満足げに強《こわ》ばりを解くと、力を抜いてグッタリと体重を預けてきた。

まだ膣内は貪欲に収縮を繰り返し、射精直後で過敏になったペニスが刺激され中でヒクヒクと過敏に跳ね上がった。

「あん、まだ動いてるわ……」

杏里も敏感になったように声を洩らし、ペニスの脈打ちを押さえつけるようにキュッときつく締め付けた。

藤夫は引き締まった肢体の重みと温もりを受け止め、かぐわしい息を間近に嗅ぎながら、うっとりと快感の余韻に浸り込んでいった。

「すごかったわ……。シャワーを浴びていないのが恥ずかしくて、それに舐め方がすごく丁寧だから、それだけでいきそうになっちゃった……」

杏里が荒い息遣いとともに囁き、まだ快感がくすぶっているように、ビクッと肌を波打たせていた。

してみると、藤夫はここで初体験をし、好きなように愛撫をしてきたが、案外それは巧みな方なのかも知れない。

やがて呼吸を整えると杏里が股間を引き離し、ティッシュで割れ目を拭きながらペニスをしゃぶり、舌で綺麗にしてくれた。

ここの女性たちは全員、ザーメンを舐めるのも嫌がらないようだった。

「あう……、も、もういいよ、どうも有難う……」

藤夫も腰をくねらせながら、降参するように言った。

ようやく杏里が身を起こして身繕いをし、彼もシャツと短パンを着た。

そして彼女が部屋に戻って昼寝するというので、藤夫はメモを持って体育館へ行き、悩ましく籠もる匂いを嗅ぎながら、百合香のコーチを受けている三人の演技を見た。

みな素晴らしい跳躍と回転技を繰り返していたが、どこがどう処女の頃と違っているのか彼には分からなかった。

3

「いいかしら？　二人で来ちゃったわ」

夜、藤夫の部屋に咲枝と涼子が入ってきて言った。

もう奈津美も帰り、百合香と明日香、杏里も横になったようだ。

藤夫も、入浴を終えてから取材レポートを少しまとめ、そろそろ寝ようかと思っていたところである。

「ね、脱いで寝て。二人がかりでしてみたいの」

咲枝が言い、涼子と一緒にシャツと短パンを脱ぎはじめてしまった。

そういえば二人はレズ関係にあり、同じバイブで処女喪失をしたと聞くので、今度は同じ相手を同時に味わいたいようだった。

もちろん藤夫もゾクゾクと激しい淫気に包まれ、手早く全て脱ぎ去って布団に仰向けになっていった。

たちまち一糸まとわぬ姿になった二人は、どうやら彼が悦ぶと思い、今夜はまだシャワーを浴びていないようで、生ぬるく甘ったるい汗の匂いを濃厚に漂わせていた。

「どうしてほしい？」

咲枝が言うので、藤夫も期待でピンピンに勃起しながら答えた。

「二人で顔の横に立って、足の裏を乗せて」

「わあ、踏まれたいの？」

二人は好奇心と欲望に目をキラキラさせ、一緒に立ち上がって彼の顔の左右に立った。そして片方の足を浮かせ、互いに身体《からだ》を支え合いながら、そっと藤夫の顔に足裏を乗せた。

「ああ、嬉《うれ》しい……」

藤夫は二人分の足裏を顔に感じ、うっとりと喘いだ。

彼は感触を味わいながら二人の踵《かかと》から土踏まずを舐め回し、指の間に鼻を割り込ませ、それぞれの蒸れた匂いを貪った。

どちらも指の股は汗と脂に湿り、ムレムレの匂いが濃く沁み付いていた。

微妙に異なる匂いを味わい、順々に爪先にしゃぶり付いて舌を挿し入れると、

「あん……、くすぐったいわ……」

二人が喘ぎ、ガクガクと脚を震わせた。

見上げると、二人の健康的な脚が真上に伸び、それぞれの付け根の割れ目は、すでにジットリと潤っているようだ。

足を交代してもらい、そちらも味と匂いが薄れるほど貪り尽くすと、時に二人はバランスを崩してキュッと踏みつけてきた。

「じゃ、顔にしゃがんでね」

口を離して下から言うと、やはり年上の咲枝から彼の顔に跨がり、和式トイレスタイルでしゃがみ込んでくれた。M字になった脚がムッチリと張り詰め、蒸れた股間が鼻先に迫った。

腰を抱き寄せて恥毛に鼻を擦りつけて嗅ぐと、隅々に籠もった生ぬるい汗とオシッコの匂いが悩ましく鼻腔を刺激してきた。

藤夫は匂いを貪りながら、濡れた割れ目に舌を挿し入れ、淡い酸味のヌメリを掻き回して、息づく膣口からクリトリスまで舐め上げていった。

「アア……、いい気持ち……」

咲枝がビクリと反応して喘ぎ、新たな愛液をトロトロと漏らしてきた。

藤夫はチロチロとクリトリスを舐めては湧き出す潤いをすすり、尻の真下にも潜り込んでいった。

顔中に双丘を受け止め、谷間の蕾に鼻を埋《うず》めると、秘めやかな微香が生ぬるく籠もって鼻腔を刺激してきた。

胸を満たしてから舌を這わせ、ヌルッと潜り込ませて滑らかな粘膜を探ると、

「あう……、いい気持ち……」

ローター挿入にも慣れている咲枝はモグモグと肛門で舌先を締め付けて呻き、新たな愛液を彼の鼻筋に垂らしてきた。

やがて咲枝の前も後ろも味と匂いを貪り尽くすと、藤夫は舌を引っ込め、彼女も素直に腰を上げて涼子のために場所を空けた。

見ていた涼子もすっかり淫気を高め、ためらいなく仰向けの彼の顔に跨がり、しゃがみ込んできた。

やはり引き締まった脚がM字になると量感を増してムッチリと張り詰め、濡れている割れ目が彼の鼻先に迫った。

腰を抱き寄せて淡い茂みに鼻を擦り付けて嗅ぐと、やはり濃厚に沁み付いた汗とオシッコの匂いが悩ましく鼻腔を刺激し、彼は胸を満たしながら舌を挿し入れていった。

ヌルヌルする舌触りと味わいを堪能《たんのう》し、息づく膣口からクリトリスまで舐め上げていくと、

「アアッ……！」

涼子も熱く喘ぎ、新たな蜜を漏らしてきた。

すると、いきなりペニスは生温かく濡れた口腔にスッポリと捉えられた。

どうやら咲枝がしゃぶり付いてきたようだ。

「く……」

藤夫は快感に呻き、暴発しないように気を引き締めながら涼子のクリトリスを吸い、尻の谷間にも潜り込んで下から顔を埋め込んでいった。

ピンクの蕾に籠もる秘めやかな匂いを貪ってから舌を這わせ、同じようにヌルッと潜り込ませて滑らかな粘膜を味わった。

「あう……、いい気持ち……」

涼子も呻きながら、キュッと肛門で舌先を締め付けてきた。

咲枝は、ペニスをたっぷり唾液で濡らすとスポンと口を離して顔を上げた。

「先に入れたいわ。すぐいきそうだから」

彼女が言って跨がり、彼の顔に座り込んでいる涼子の背にもたれかかりながら割れ目を押し付け、ゆっくり膣口に受け入れていった。

ヌルヌルッと根元まで吸い込まれると、

「アア……、いい……！」

咲枝が熱く喘ぎ、キュッと締め付けて股間を密着させた。

藤夫も快感に息を詰め、股間には咲枝が跨がり、顔には涼子に跨がられるという贅沢《ぜいたく》な状況に酔いしれた。

咲枝がすぐにも腰を遣いはじめ、溢れる愛液で動きが滑らかになった。

とにかく藤夫は、あとに涼子も控えているのだからと、懸命に暴発を堪《こら》えながら涼子の前も後ろも舐め回した。

「あん、ダメ、いきそう……」

気を紛らすように舐めていると涼子が言い、ビクリと股間を引き離してしまった。やはり挿入で果てたいようだ。

咲枝もリズミカルに股間を擦り付け、強烈な摩擦を繰り返していたが、急に収縮が強まったかと思うと、

「い、いく……、アアーッ……！」

たちまち咲枝が声を上ずらせ、ガクガクと狂おしい痙攣を開始し、粗相したように愛液を漏らした。

その収縮と摩擦の中で、藤夫はじっと息を詰めて堪えていたが、何とか彼女がグッタリするまで保つことが出来たのだった。

「ああ、良かった……」

咲枝が言って動きを止め、そろそろと股間を引き離してゴロリと寝返りを打つと、すかさず涼子が跨がってきた。

屹立《きつりつ》したペニスは咲枝の愛液にまみれ、淫らに湯気まで立て、その先端に涼子が割れ目を押し付け、息を詰めてゆっくり腰を沈み込ませていった。

「アア……、いい気持ち……」

ヌルヌルッと根元まで受け入れると涼子が喘ぎ、ピッタリと股間を密着させて座り込んできた。

もう果てても大丈夫だろうと、藤夫は両手を回して涼子を抱き寄せ、両膝を立てて尻の感触も味わった。そして潜り込むようにして涼子の乳首に吸い付き、甘ったるい汗の匂いに包まれた。

すると、何と横で荒い呼吸を繰り返して余韻に浸っていた咲枝も、彼の顔に乳房を押し付けてきたではないか。

まだ舐めてもらっていない部分を涼子が愛撫されたので、急に対抗意識を燃やしたのかも知れない。

藤夫は、二人分の乳首を順々に含んで舐め回すという贅沢な体験をし、それぞれの膨らみを顔中で味わい、混じり合った濃厚な体臭に噎《む》せ返った。

もちろん二人の腋の下にも鼻を擦り付け、ジットリ湿って甘ったるい汗の匂いを貪りながら高まっていった。

涼子が腰を動かし、藤夫も股間を突き上げると、何とも心地《ここち》よい肉襞の摩擦とヌメリに絶頂が迫ってきた。立て続けに挿入すると、やはり締め付けや温もりの微妙な違いが興奮をそそった。

「い、いきそう……」

涼子が喘ぎ、彼の胸に乳房を押し付けて完全に身を重ねてきた。

藤夫も動きながら、下から顔を引き寄せて唇を重ねると、また咲枝が横から割り込んできた。

彼は、三人で唇を重ねて舌をからめ、滑らかに蠢く感触と混じり合った唾液を貪った。

レズ関係にある二人は、同性の舌が触れ合っても気にならず、かえって興奮が高まったように舌を動かしてくれた。

二人の吐息に顔中が湿り、さらに突き上げを強めると、

「アア……、いい……！」

涼子が口を離して喘ぎ、膣内の収縮を活発にさせていった。

二人の口から吐き出される甘酸っぱい息の匂いが、混じり合ってさらに濃厚になり、悩ましく彼の鼻腔を刺激してきた。

「唾を飲ませて……」

言うと二人も懸命に唾液をトロトロと吐き出してくれ、藤夫は生温かく小泡の多いミックスシロップを味わい、うっとりと喉を潤した。

「顔中もヌルヌルにして……」

さらにせがむと二人も彼の顔に唾液を垂らし、それを舌で顔中にヌラヌラと塗り付けてくれたのだ。

藤夫は甘酸っぱい匂いに包まれ、顔中二人分の唾液にまみれながら、とうとう昇り詰めてしまった。

「く……！」

突き上がる大きな絶頂の快感に呻き、熱い大量のザーメンをドクンドクンと勢いよくほとばしらせると、

「い、いく……、気持ちいいわ、ああーッ……！」

噴出を感じた涼子も、オルガスムスのスイッチが入って声を上げ、ガクガクと狂おしい痙攣を開始した。

藤夫は溶けてしまいそうな快感の中で、二人分の温もりと匂いに包まれながら心置きなく最後の一滴まで出し尽くしていった。

すっかり満足しながら突き上げを弱めていくと、

「アア……」

涼子も声を洩らし、力尽きたようにグッタリともたれかかってきた。

まだ息づく膣内で、彼はヒクヒクと過敏に幹を震わせ、二人分のかぐわしい吐息を胸いっぱいに嗅ぎながら、うっとりと快感の余韻を味わった。

こんな贅沢な快感は、きっと一生に一回きりなのではないかと思い、もっとモテる男でさえ、滅多に出来ない体験だろうと思うと藤夫は誇らしい気持ちになったのだった。

4

「ね、両側から僕の肩を跨いで……」

バスルームに行き三人で身体を洗い流してから、藤夫は床に座って言った。

「どうするの」

咲枝と涼子も、素直に左右から立って肩を跨いで言い、彼の顔に股間を突き付けてきた。

「オシッコして」

羞恥を堪えながら言うと、二人は微かに身じろいだが拒む様子は見せず、好奇心いっぱいに息を詰めて尿意を高めはじめてくれたのだ。

「いいの？　出そう……」

咲枝が物怖《ものお》じせず言うと、涼子も慌てて力みはじめた。やはり同時でなく後れを取ると、自分だけ注目されるのが恥ずかしいようだ。

藤夫も左右の割れ目に交互に顔を埋め、舌を這わせて待機した。

残念ながら、恥毛に籠もっていた濃厚な匂いは洗い流されてしまったが、すぐにも新たな愛液が溢れて舌の動きが滑らかになった。

「あう、出ちゃう……」

咲枝が言うなり、内部の柔肉が迫《せ》り出《だ》すように盛り上がり、チョロチョロと熱い流れがほとばしってきた。

それを口に受けると、やや濃い味わいと匂いが感じられ、喉に流し込むと甘美な悦びが胸に満ちていった。

「で、出る……」

と、反対側の涼子が言うと、ポタポタと熱い雫《しずく》が滴り、たちまち一条の流れとなって彼の肌に注がれてきた。

そちらに向いて舌に受けると、こちらは味も匂いも淡く、抵抗なく飲み込むことが出来た。

その間も咲枝の流れが肌を温かく伝い流れ、すっかりピンピンに回復したペニスが心地よく浸された。

やはり相手が二人いると、快復力も倍加しているようだ。

二人とも勢いを付けて注いでくれ、藤夫は感触と匂いにうっとりとなった。

「ああ、変な気持ち……」

咲枝が息を詰めて言い、全て出し尽くすと、涼子も勢いを弱め、やがて二人とも放尿を終えた。

藤夫はポタポタ滴る余りの雫を交互にすすり、なおも残り香の中で柔肉を舐め回すと、すぐにも新たな愛液が溢れて淡い酸味のヌメリが満ちていった。

「も、もうダメ、感じすぎるわ……」

咲枝が言い、二人とも股間を引き離してしまった。

「すごい勃《た》ってるわ。まだ足りないの？　私は充分だけど」

「私も……」

二人が言い、バスマットを床に敷いて藤夫を仰向けに横たえた。

どうやら挿入はもう充分らしいが、二人で愛撫してくれるらしく、彼は期待に激しく胸を高鳴らせた。

二人は藤夫の左右から添い寝し、まるで申し合わせたように彼の両頬を舐め、耳たぶをそっと嚙んできた。

「ああ……、気持ちいい……」

彼は受け身に徹し、二人がかりの愛撫に喘いだ。

二人の熱い息が左右から耳をくすぐり、耳の穴にも舌先がヌルッと潜り込んで蠢いた。

聞こえるのはクチュクチュいう唾液のヌメリだけで、何やら二人に頭の中まで舐められているような気がした。

さらに二人は再び頬を舐め、同時に唇を重ねてきた。

藤夫はそれぞれの舌を舐め、混じり合った唾液をすすり、甘酸っぱい吐息を胸いっぱいに嗅いで高まった。

やがて二人は首筋を舐め降り、左右の乳首にチュッと吸い付いてきた。

「あう……、嚙んで……」

ビクリと反応して言うと、二人も綺麗な歯並びでキュッキュッと乳首を刺激してくれた。

「ああ、気持ちいい。もっと強く……」

せがむと二人もやや力を込め、さらに脇腹から下腹まで舌と歯で愛撫しながら這い下りていった。

歯がキュッと食い込むたび、藤夫は女子大生たちに全身を食べられているような快感に悶《もだ》え、勃起したペニスをヒクヒク震わせて粘液を滲ませた。

すると二人は股間を避け、彼の脚を舐め降りていったのである。

そして彼がするように二人は足裏を舐め、爪先にもしゃぶり付き、全ての指の股にヌルッと舌を潜り込ませてくれた。

「あう、いいよ、そんなことしなくても……」

彼は申し訳ない快感に呻いたが、二人は愛撫というより自分から男を賞味し、貪っているようだった。

それに洗ったばかりだから抵抗もないのだろう。

さらに二人は足首を摑《つか》んで足を浮かせ、自らの乳房に足裏を押し付けて擦ってくれたのだ。

これも、いけないことをしているような快感があった。足裏に柔らかな膨らみが押し付けられ、乳首のポッチリも心地よく擦られるのだ。

ようやく足が下ろされて大股開きにされ、二人は脚の内側を舐め上げてきた。

内腿にもキュッと歯が立てられ、やがて二人は頬を寄せ合って股間に迫り、熱い息が混じり合った。

先に咲枝が彼の両脚を浮かせ、チロチロと肛門を舐めてヌルッと潜り込ませてきた。

「く……」

藤夫は快感に呻き、キュッと舌先を肛門で締め付けた。

咲枝が中で舌を蠢かせてから離すと、すかさず涼子が同じように潜り込ませてきた。

やはり立て続けだと舌の感触や温もり、蠢きの微妙な違いが分かり、彼はどちらにも激しく反応した。

脚が下ろされると二人は顔を寄せ合い、同時に陰嚢を舐め回し、それぞれの睾《こう》丸《がん》を転がして優しく吸い付いた。

袋全体がミックス唾液に温かくまみれると、いよいよ二人の舌はペニスの裏側と側面をゆっくり舐め上げてきた。

まるで美しい姉妹が、一本のキャンディを同時に舐めているようだ。

先端まで来ると、粘液の滲む尿道口が交互にチロチロと舐められた。

「アア……」

藤夫は腰をくねらせて喘ぎ、ジワジワと絶頂を迫らせていった。

二人も互いの舌までからめ合わせて亀頭がしゃぶられ、何やらレズのディープキスにペニスが割り込んでいるようだった。

さらに交互に喉の奥までスッポリ呑み込み、チューッと強く吸いながらスポンと離し、すぐに交代する強烈なフェラが繰り返された。

「ああ、いきそう……」

微妙に異なる温もりと感触の中、もう彼はどちらの口に含まれているか分からないほど快感と興奮で朦朧《もうろう》となり、その間も容赦なく二人の舌の蠢きと吸引が続けられた。

「き、気持ちいい、いく……！」

とうとう昇り詰め、藤夫は宙に舞うような快感に喘ぎながら、ありったけの熱いザーメンをドクンドクンと勢いよくほとばしらせてしまった。

「あん……」

ちょうど口を離したところで、涼子の鼻筋にザーメンが飛び散ってトロリと淫らに滴った。

すると咲枝が、亀頭を含んで余りを吸い出してくれた。

「アア……、いい……」

彼は魂まで吸い取られる思いで快感を味わい、腰を浮かせて硬直しながら、最後の一滴まで出し尽くしていった。

すっかり気が済んでグッタリと身を投げ出すと、咲枝も吸引を止め、亀頭を含んだままコクンとザーメンを飲み干した。

「く……！」

キュッと締まる口腔に駄目押しの快感を得て呻くと、ようやく咲枝がチュパッと口を離した。そして涼子と一緒に舌を這わせ、濡れた尿道口を綺麗にしてくれたのだ。

咲枝は、涼子の顔を濡らしたザーメンまでヌラヌラと舐めて拭った。

「も、もういい……、どうも有難う……」

過敏に幹を震わせ、腰をよじりながら言うと二人も舌を引っ込め、左右から添い寝してきた。

藤夫は二人の胸に抱かれ、混じり合った悩ましい果実臭の吐息を嗅ぎながら、うっとりと快感の余韻を味わったのだった……。

「さすがに、もう出なくなったようだわ。ずいぶん飲んでもらったから」

奈津美が言い、巨乳を息づかせて乳首をつまんだ。

確かに、濃く色づいた乳首からも、うっすらと母乳が滲むだけで、もう吸い出すほどの量は出ないようだった。

5

昼食後、百合香と女子大生の四人は体育館で、合宿終盤の練習に励んでいた。

藤夫の部屋である。

奈津美は朝から淫気を湧き上がらせたように、何かと熱っぽく彼に眼差《まなざ》しを向けていたが、ようやく昼食を終えて一段落すると、もう堪《たま》らずに求めてきたのだった。

すでに互いに全裸になり、藤夫も彼女の胸に顔を埋めて乳首に吸い付きながら押し倒していった。

「アア……、もっと強く吸って……」

奈津美は最初から熱く喘ぎ、激しく彼の顔を胸に抱きすくめてきた。

藤夫も顔中を巨乳に押し付け、心地よい窒息感の中で舐め回し、もう片方にも指を這わせながら吸った。

うっすらと滲む母乳の雫を舐めたが、もう飲み込むほどは出てこなかった。

左右の乳首を交互に含んで舌で転がし、生ぬるく甘ったるい体臭に激しく勃起していった。

腕を差し上げて色っぽい腋毛の煙る腋の下にも鼻を擦り付けて嗅ぐと、ミルクのように甘ったるい汗の匂いが濃厚に籠もって胸を満たしてきた。

滑らかな肌を舐め降り、臍《へそ》を探り、豊満な腰からムッチリした太腿へ降り、脚をたどっていった。

野趣溢れる脛《すね》の体毛にも頬ずりして足首まで行くと、足裏に回り込んで舌を這わせた。

縮こまった指の間に鼻を割り込ませて嗅ぐと、やはりそこは生ぬるい汗と脂にジットリ湿り、蒸れた匂いが濃く沁み付いていた。

藤夫は美人妻の足の匂いで鼻腔を満たしてから、爪先にしゃぶり付いて順々に指の間に舌を挿し入れて味わうと、

「あう……、くすぐったいわ……」

奈津美がビクッと脚を震わせて呻いた。

藤夫は両足とも味と匂いを堪能しながらしゃぶり尽くし、股を開かせて滑らかな脚の内側を舐め上げていった。

白く量感ある内腿をたどり、熱気の籠もる股間に迫ると、陰唇の内側からは白っぽく濁った愛液が滲み出ているのが見えた。

指で広げると膣口の襞はヌメヌメと潤い、光沢あるクリトリスも愛撫を待つようにツンと突き立っていた。

藤夫は悩ましい匂いに誘われるように顔を埋め込み、柔らかな茂みに鼻を擦りつけた。

「あう……」

奈津美が呻き、内腿でキュッときつく彼の両頬を挟み付けた。

藤夫は恥毛に籠もる、蒸れた汗とオシッコの匂いを貪り、胸を満たしながら舌を這わせていった。

股間にも腋に似たミルク系の匂いが馥郁《ふくいく》と沁み付き、彼は淡い酸味のヌメリを掻き回し、息づく膣口からクリトリスまで舐め上げていった。

「アア……、いい気持ち……」

奈津美がビクッと顔を仰け反らせて喘ぎ、内腿に力を込めた。

クリトリスをチロチロと舐め回すと、白い下腹がヒクヒクと小刻みに波打ち、新たな愛液が泉のように湧き出してきた。

彼はヌメリをすすり、充分に匂いを味わってから奈津美の両脚を浮かせ、色白で豊満な尻の谷間に迫った。

レモンの先のように僅かに突き出た色っぽい蕾に鼻を埋め、生々しい匂いを貪り、舌を這わせてヌルッと潜り込ませた。

「く……！」

奈津美が呻き、キュッと肛門で舌先を締め付けた。

藤夫は滑らかで微妙に甘苦い粘膜を探り、滑らかな感触を味わった。

出し入れさせるようにクチュクチュと蠢かせ、ようやく脚を下ろすと、再びクリトリスに吸い付いた。

「も、もうダメ、早く入れて……、でもその前に、私にもおしゃぶりさせて」

奈津美が腰をよじって言い、彼の手を握って引っ張り上げてきた。

藤夫も股間から顔を上げて前進し、導かれるまま巨乳に跨がった。すると彼女がペニスを谷間に挟んで、両側から揉《も》んでくれた。

肌の温もりと、柔らかな谷間で勃起したペニスがヒクヒクと歓喜に震えた。

奈津美も顔を上げて舌を伸ばし、谷間から覗く先端をチロチロと舐め、滲む粘液をすすってくれた。

さらに亀頭を含んで吸い付くので、藤夫も前進して深々と含ませながら、両手を前に突いた。

「ンン……」

彼女は喉の奥まで呑み込んで呻き、熱い息で恥毛をくすぐってきた。

藤夫も生温かく濡れた口腔に捉えられ、快感に幹を震わせた。

奈津美は幹を締め付けて吸い、舌の表面がペニスの裏側全体を滑らかに刺激してきた。

さらに彼も、まるで美女の口とセックスしているようにズンズンと腰を突き動かすと、さらに温かな唾液が溢れてペニスを浸した。

「い、いきそう……」

藤夫が絶頂を迫らせて言うと、彼女もスポンと口を引き離した。

「いいわ、入れて……」

薄目で彼を見上げて言い、起き上がる力はないようだった。

藤夫も移動して股を開かせ、正常位で股間を進めていった。

幹に指を添え、先端を濡れた割れ目に擦り付けて位置を探り、ゆっくりと膣口に挿入した。

張り詰めた亀頭が潜り込むと、あとはヌルヌルッと滑らかに根元まで吸い込まれ、互いの股間がピッタリと密着した。

「アア……、いい気持ち……」

奈津美が身を弓なりに反らせて喘ぎ、求めるように両手を伸ばしてきた。

彼も肉襞の摩擦と締め付けを味わい、脚を伸ばして身を重ねていった。

すると彼女が下からしがみつき、逃がさぬかのように両脚まで藤夫の腰にからみつけてきた。

温もりと感触を味わい、藤夫は身を預けた。

胸の下では巨乳が押し潰れて弾み、奈津美は待ちきれないようにズンズンと股間を突き上げはじめた。

彼も合わせて徐々に腰を遣うと、すぐにも互いの動きがリズミカルに一致し、股間がぶつかり合い、クチュクチュと淫らな摩擦音が響いた。

「ああ、いいわ、もっと突いて、強く奥まで何度も……！」

奈津美が熱く喘ぎながら言い、収縮を活発にさせていった。

藤夫も、ここへ来てすっかり正常位にも慣れて、快感が得られるようになっていた。

動きながら上から唇を重ね、舌を挿し入れると、

「ンンッ……！」

奈津美も呻きながらネットリと舌をからめ、滑らかに蠢かせた。

彼は美人妻の生温かくトロリとした唾液をすすり、舌の感触を味わいながら腰を突き動かし続けた。

「ああ……、いきそうよ……！」

奈津美が淫らに唾液の糸を引きながら口を離し、喘ぎながら言った。

その口に鼻を押し込んで嗅ぐと、熱く湿り気ある息は何とも濃厚な花粉臭で、悩ましく鼻腔を刺激してきた。

藤夫は美人妻の口の匂いに高まりながら、収縮の中で律動を続け、とうとう昇り詰めてしまった。

「い、いく……！」

大きな絶頂の快感に口走り、熱い大量のザーメンをほとばしらせた。

「い、いいわ、もっと出して……、アアーッ……!」

噴出を感じた途端に奈津美もオルガスムスに達して喘ぎ、ガクガクと狂おしい痙攣を開始した。

膣内の収縮も最高潮になり、藤夫は快感に身悶えながら腰を遣い、心置きなく最後の一滴まで出し尽くしていった。

「ああ……」

満足しながら声を洩らし、動きを止めてグッタリともたれかかると、

「アア……、良かったわ、すごく……」

奈津美も声を洩らし、肌の強ばりを解きながら四肢を投げ出していった。

藤夫は体重を預け、まだ息づくような収縮を繰り返す膣内で、ヒクヒクと過敏に幹を跳ね上げた。

「ああ、まだ動いているわ……」

彼女も、キュッキュッと敏感に締め付けながら喘いだ。

藤夫は弾力ある肌にのしかかり、花粉臭の甘い刺激の吐息を間近に嗅ぎながらうっとりと快感の余韻を噛み締めた。

「もう、あと何日もないわね。合宿が終わるまで……」

「ええ、でもまた何か用事を見つけて来ますよ」

「そうして、お願い。私も東京へ行くことがあれば言うから」

奈津美が答え、もう一度彼の顔を引き寄せて唇を重ねてきた。

藤夫も呼吸を整えながら、ネットリと舌をからめて美人妻の唾液と吐息を味わい、膣内のペニスを小刻みに震わせたのだった。

第五章　悩ましき熱れ肌の疼《うず》き

1

「いいかしら。もう寝ようとしていた？」

夜、藤夫の部屋に、百合香が入ってきて言った。いつものジャージ姿で、まだ入浴前である。

夕食も済んで奈津美は帰り、女子大生四人は入浴していた。みな風呂から出れば大部屋へ入って、もう朝まで出てこないだろう。

「ええ、大丈夫です」

藤夫は、妖しい期待に胸と股間を脹《ふく》らませて答えた。

「そろそろ合宿も仕上げに入るわ」

「ええ、そうですね。何だか名残惜《なごり》しいです」

「でも、東京へ戻ってからも会えるでしょうから」

百合香は言い、通常の会話など早々と切り上げて、淫気に目をキラキラさせはじめた。

もちろん口に出さないが百合香も、彼が女子大生たちと順々に肉体関係を持っていることを知っているのだろう。

藤夫も、処女たちとの体験は貴重なものだったが、やはり自分にとって最初の女性である百合香には、特別な思い入れがあって激しく勃起してきた。

「ね、脱ぎましょう」

と、百合香が言って自分から手早く脱ぎはじめた。

藤夫もTシャツを脱ぎ、下着ごと短パンを脱ぎ去って全裸になると、先に布団に横になって待った。

あとは言葉など要らず、たちまち百合香も一糸まとわぬ姿になり、熟れ肌を息づかせて添い寝してきた。四十を目前にしている、藤夫にとっては最年長の美熟女である。

甘えるように腕枕してもらうと、百合香が熱く囁き、彼の髪を撫でながら巨乳に抱きすくめてくれた。藤夫も生ぬるく甘ったるい体臭に包まれながら、目の前で息づく巨乳に顔を埋め、チュッと乳首に吸い付いていった。

「ああ……、いい気持ち……」

舌で転がし、膨らみに顔中を押し付けると百合香が喘ぎ、うねうねと熟れ肌を悶えさせはじめた。

彼女が仰向けの受け身体勢になると、藤夫ものしかかって左右の乳首を順々に含んで舐め回し、ときに軽く前歯でコリコリと刺激した。

「あう、もっと強く……！」

百合香も強い愛撫を求めるように呻いて言い、彼も執拗に両の乳首を刺激し、さらに腋の下にも鼻を埋め込んでいった。

生ぬるくジットリ汗ばんだ腋は、何とも甘ったるい汗の匂いが濃厚に籠もり、悩ましく鼻腔を刺激してきた。

藤夫が胸を満たしながら舌を這わせると、

「アア……」

百合香が喘ぎ、くすぐったそうにクネクネと身悶えた。

そのまま彼は白くスベスベの脇腹を舐め降り、腹の真ん中に移動して形良い臍《へそ》を舌先で探った。

顔中を腹部に押し付けると心地《ここち》よい弾力が感じられ、耳を当てると微《かす》かな消化音も聞こえた。そして張り詰めた下腹から豊満な腰のラインをたどり、ムッチリした太腿《ふともも》に降りて脚を舐め降りていった。

さすがにスラリと長く、しなやかな脚は滑らかで、彼は足首までたどり足裏に回り、踵《かかと》から土踏まずを舐めて指先に鼻を押し付けた。

ムレムレの匂いが濃厚に沁《し》み付き、彼は充分に鼻腔を満たして嗅いでから、爪先にしゃぶり付いて指の股に舌を割り込ませた。

「く……、ダメ……」

百合香が呻き、唾液に濡《ぬ》れた指先で彼の舌先をキュッと締め付けた。

藤夫は両足とも味と匂いを貪り尽くすと、大股開きにさせて脚の内側を舐め上げていった。

張り詰めた内腿をたどって股間に迫ると、熱気と湿り気が顔中を包み込んだ。

黒々と艶のある茂みが彼の息にそよぎ、肉づきが良く丸みを帯びた割れ目からはピンクの花びらがはみ出していた。

指で陰唇を広げると、かつて明日香が産まれ出てきた膣口《ちつこう》が大量の愛液に潤って息づき、小さな尿道口もはっきり確認できた。

真珠色の光沢を放つクリトリスは、小指の先ほどの大きさで包皮を押し上げ、愛撫を待ってツンと突き立っていた。

藤夫は吸い寄せられるようにギュッと顔を埋め込み、柔らかな恥毛に鼻を擦《こす》り付けて嗅ぎ、隅々に籠もる生ぬるく濃厚な汗とオシッコの匂いでうっとりと胸を満たした。

舌を挿し入れると淡い酸味のヌメリが迎え、彼は膣口の襞《ひだ》をクチュクチュ掻《か》き回し、味わいながら滑らかな柔肉をたどり、ゆっくりとクリトリスまで舐め上げていった。

「アア……、いい気持ち……」

百合香がビクッと顔を仰《の》け反《ぞ》らせて喘ぎ、内腿でキュッときつく彼の両頬を挟み付けてきた。

藤夫ももがく豊満な腰を抱え込み、執拗にクリトリスを舐め回した。

新たな愛液が泉のようにトロトロと湧き出して舌の動きが滑らかになり、彼は上の歯で包皮を剝《む》き、完全に露出した突起に吸い付き、生ぬるく溢《あふ》れる愛液をすすった。

さらに彼女の両脚を浮かせ、豊かな逆ハート型の尻に顔を埋め込んで顔中を双丘に密着させた。蕾《つぼみ》に籠もる微香を貪ってから舌を這わせ、襞を濡らしてヌルッと潜り込ませると、

「あう……、ダメ……」

百合香が呻き、キュッと肛門《こうもん》で舌先を締め付けてきた。

藤夫は滑らかな粘膜を探るように舌を蠢《うごめ》かせ、執拗に味わってからようやく引き離した。

そして唾液に濡れた肛門に、左手の人差し指をあてがい、ヌメリに合わせて浅く挿し入れながら、膣内には右手の二本の指を押し込み、それぞれの内壁を小刻みに擦りながら、再びクリトリスに吸い付いた。

「あ……、すごい、すぐいきそう……！」

百合香が嫌々をして声を洩《も》らし、前後の穴で指が痺《しび》れるほどキュッときつく締め付けてきた。

藤夫は肛門に入った指を出し入れさせるように動かし、膣内の指では内壁を摩擦し、天井にあるGスポットも指の腹で圧迫した。

愛液は大洪水になり、百合香は白い下腹をヒクヒク波打たせて激しく腰をよじった。

「も、もうダメ、お願い、止《や》めて……！」

彼女が早々と舌絶頂を惜しむように、必死に声を絞り出すので、ようやく彼も舌を引っ込め、それぞれの穴からヌルッと指を引き抜いた。

「アア……」

百合香は声を洩らし、それ以上の刺激から股間を庇《かば》うようにゴロリと横向きになって身体《からだ》を丸めてしまった。

肛門に入っていた指には別に汚れの付着もなく、爪にも曇りはないが、悩ましい微香が感じられた。

膣内にあった二本の指は攪拌《かくはん》されて白っぽく濁った愛液にまみれ、指の間には膜が張るほどヌルヌルになり、指の腹も湯上がりのようにふやけてシワになっていた。

「い、入れて、お願い……」

百合香が手足を縮めたまま言うので、藤夫も彼女をうつ伏せにさせて尻を持ち上げさせた。

そして彼が膝を突いてバックから股間を迫らせていくと、百合香も四つん這いで豊満な尻を突き出してくれた。

幹に指を添え、後ろから先端を膣口に押し当て、感触を味わいながらゆっくり挿入していくと、ペニスはヌルヌルッと滑らかに嵌《は》まり込んでいった。

「アアッ……！」

百合香が顔を伏せて喘ぎ、白い背中を反らせ、キュッときつく締め付けてきた。

藤夫が根元まで押し込むと、股間に尻の丸みが当たって心地よく弾んだ。

これがバックの醍醐《だいご》味《み》なのかと思い、彼は覆いかぶさり、両脇から回した手でたわわに揺れる巨乳を揉《も》みしだいた。

髪に顔を埋めて甘い匂いを嗅ぎ、汗ばんだ耳の裏側も嗅いで舌を這わせた。

腰を前後させると、向き合った体位と微妙に違う肉襞の摩擦が感じられ、何しろ尻の感触が快感だった。

「あうう……、もっと強く……！」

百合香も夢中になって尻を動かし、熱い愛液を漏らして内腿まで濡らした。

しかし藤夫は、バックの尻の感触も良いが、やはり顔が見えず唾液や吐息が味わえないのが物足りなかった。

途中で動きを止めて身を起こし、そろそろと引き抜いていくと、

「ああ……」

快楽を中断された百合香が不満げに声を洩らした。

そのまま藤夫は彼女を横向きにさせ、脚を伸ばさせ、上の脚を真上に持ち上げた。そして下の内腿に跨がり、再び深々と挿入しながら上の脚に両手でしがみつき、松葉くずしの体位になっていったのだった。

2

「アア……、いい……！」

百合香が横向きのまま喘ぎ、藤夫も膣内のみならず、擦れ合う内腿の感触を味わいながら腰を動かしはじめた。

互いの股間が交差しているため密着感が高まり、これも実に心地よい体勢であった。

しかし、これも試しただけで彼は動きを止め、またペニスを引き抜いた。

今度は百合香を仰向けにさせ、正常位でみたび挿入していった。

「ああ、もう抜かないで……」

彼が根元まで押し込んで身を重ねていくと、下から百合香が喘ぎながら両手でしがみつき、ズンズンと股間を突き上げてきたのだった。

胸の下で巨乳が押し潰れて弾み、恥毛が擦れ合い、コリコリする恥骨の膨らみも痛いほど突き上げられてきた。

百合香の喘ぐ口に鼻を押し付けて嗅ぐと、熱く湿り気ある吐息は白粉《おしろい》のような甘い刺激を濃く含み、悩ましく鼻腔を刺激してきた。

藤夫は美熟女の口の匂いに高まりながら、股間をぶつけるように突き動かし続けて高まった。

「ま、待って……」

しかし、途中で百合香が言って彼の動きを押しとどめたのだ。

「どうか、お尻に入れてみて……」

「え？　大丈夫かな……」

「さっき、指だけでもすごく気持ち良かったので、どうか……」

百合香が、初のアナルセックスをせがんだ。

藤夫も激しい興味を覚えた。何しろ、この美熟女の肉体に残った、最後の処女の部分が頂けるのだ。

やがて彼は身を起こし、もう抜かないでと言われたペニスをヌルッと引き抜きながら、百合香の両脚を浮かせた。

すると彼女も両手で脚を抱え、丸い尻を突き出してきたのだ。

見ると、割れ目から伝い流れる大量の愛液がピンクの肛門もヌメヌメと潤わせていた。

「じゃ、無理だったら言って下さいね」

藤夫は言い、愛液にまみれた先端を可憐《かれん》な蕾に押し当てた。

百合香も口で呼吸して、懸命に括約筋を緩めていた。

呼吸を計ってグイッと押し込むと、タイミングが良かったのか、最も太い亀頭のカリ首までがズブリと潜り込んでしまった。

「あう……！」

百合香が眉をひそめて呻き、肛門の襞がピンと伸びきって光沢を放った。

「大丈夫ですか？」

「ええ、奥まで来て……」

言われて、彼もズブズブと根元まで押し込んでいった。

さすがに入り口は狭いが、中は思ったより楽でベタつきもなく、むしろ滑らかだった。

藤夫は膣とは違う感触を味わい、百合香の最後の処女を堪能《たんのう》した。

股間を押しつけると豊かな尻の丸みが密着し、内部から息づくような収縮が伝わってきた。

「つ、突いて、中に出して……」

百合香がせがむので、藤夫も様子を探りながら小刻みに腰を前後させはじめると、彼女も緩急の付け方に慣れてきたのか、次第に滑らかに動けるようになってきた。

「アア、いい気持ち……」

百合香が色っぽい表情で喘ぎ、自ら乳首をつまんで動かし、もう片方の手では空いている割れ目をいじり、愛液に濡れた指先で激しくクリトリスを擦りはじめたではないか。

その貪欲な仕草に、彼も高まって動きを速めていった。

やがて彼は急激に摩擦快感に高まり、とうとう絶頂に達してしまった。

「い、いく……！」

昇り詰めて口走ると同時に、熱い大量のザーメンがドクンドクンと勢いよく内部にほとばしった。

「あう、感じるわ……、気持ちいい……、アアーッ……！」

噴出を感じた途端、百合香も声を上ずらせてオルガスムスに達し、ガクガクと狂おしい痙攣《けいれん》を開始した。しかし大部分は、自らいじったクリトリスによる絶頂かも知れない。

内部に満ちるザーメンに、さらに動きがヌラヌラと滑らかになった。

「ああ……」

藤夫は快感に喘ぎ、締め付けの中で最後の一滴まで出し尽くしていった。

そして動きを弱めていくと、いつしか百合香も満足げにグッタリと身を投げ出していた。

そろそろと腰を引こうとすると、ヌメリと収縮に押し出され、ペニスは自然にツルッと抜け落ちた。藤夫は、何やら美女の排泄物《はいせつぶつ》にでもされたような快感が湧いたものだった。

ピンクの肛門は一瞬丸く開いて中の粘膜を覗《のぞ》かせたが、徐々につぼまって元の可憐な蕾に戻っていった。もちろん裂傷もなく、膣口からも大量の愛液が漏れ続けていた。

「大丈夫ですか？」

「ええ、早く洗った方がいいわ。一緒にお風呂へ……」

気遣って言うと百合香が言って起き上がったので、支えながら立たせて全裸のまま一緒に部屋を出た。

すでに女子大生たちも全員風呂から上がり、大部屋に戻っていた。

百合香とバスルームに入ると、彼女は余韻を味わう暇もなくシャワーの湯で彼のペニスを流し、ボディソープを塗り付けて甲斐甲斐《かいがい》しく洗ってくれた。

「さあ、オシッコしなさい。中も洗い流さないと」

言われて、藤夫は回復しそうになるのを堪《こら》えながら懸命に尿意を高め、何とかチョロチョロと放尿を済ませた。

すると百合香がもう一度シャワーの湯を浴びせてくれ、最後に屈《かが》み込み、消毒でもするように尿道口をチロリと舐めてくれた。

「あう……」

その刺激に彼は呻き、たちまちムクムクと回復して、すぐにも元の硬さと大きさを取り戻してしまった。

「ああ、嬉《うれ》しい。今度はちゃんと前に入れたいわ……」

百合香が言い、どうやら彼女も膣に受け入れて仕上げをしたいようだった。

バスマットを敷くと彼は座り、百合香の手を引いて目の前に立たせた。

「ね、百合香さんもオシッコして。出るところが見たいから」

言いながら、彼女の片方の脚を浮かせてバスタブのふちに乗せさせ、開いた股間に顔を寄せた。

「まあ、見られているのに出るかしら……」

百合香は驚いたように尻込みして言ったが、拒みはせず、下腹に力を入れて必死に尿意を高めはじめてくれた。

茂みに鼻を埋めると、まだ彼女は流していないので、辛うじて汗とオシッコの匂いを貪ることが出来た。

舌を這わせるとヌラヌラと大量の愛液が溢れ、間もなく奥の柔肉が妖しく蠢きはじめた。

「で、出そうよ、いいの、そんな近くで見ていて……」

百合香が声を震わせて言ったが、藤夫は返事の代わりにクリトリスを舐めた。

「あう、出ちゃう……」

百合香が言うなり、チョロッと熱い流れがほとばしった。彼女は懸命に止めようとしたようだが、いったん放たれた流れは止めようもなく、チョロチョロと勢いを増していった。

それを口に受けて味わうと、匂いも味も実に淡く清らかで、何の抵抗もなく喉に流し込むことが出来た。

「ああ、ダメ……」

百合香が気づいて声を洩らし、腰をよじらせると流れも揺らぎ、口から溢れた分が温かく胸から腹に伝い流れ、回復したペニスが心地よく浸された。

「アア……、信じられないわ、こんなことするなんて……」

彼女が声を上ずらせ、ガクガクと脚を震わせながら放尿を続けた。

藤夫が味と匂いを存分に堪能すると、やがて勢いが衰え、流れが治まってしまった。

なおも余りの雫《しずく》をすすり、残り香の中で柔肉を舐め回すと、新たに溢れた愛液が淡い酸味を含んで割れ目内部にヌラヌラと満ちていった。

「も、もうダメ……」

百合香は脚を下ろして言い、力尽きたようにクタクタと座り込んできた。

藤夫はそれを抱き留め、シャワーの湯で彼女の股間も洗い流してやった。

すると相当に高まったように、百合香が激しくしがみついてきたので、彼もバスマットに仰向けになっていった。

3

「ああ……、変になりそうよ。いけない子ね……」

百合香は息を弾ませて言いながら、藤夫の股間に屈み込んできた。

そして両脚を浮かせると、尻の谷間から舐め回しはじめたのだ。

チロチロと肛門が舐められ、ヌルッと潜り込んでくると、

「あう……」

彼は快感に呻き、美女の舌先を肛門でモグモグと味わうように締め付けた。

中で舌が蠢くと、勃起したペニスが連動するようにヒクヒクと上下に震え、粘液が滲《にじ》み出てきた。

ようやく脚が下ろされると百合香が舌を引き抜き、そのまま陰嚢《いんのう》を舐め回して睾丸《こうがん》を転がした。

袋全体が生温かな唾液にまみれると、彼女は身を乗り出し、肉棒の裏側をゆっくり舐め上げてきた。

滑らかな舌が先端に辿《たど》り着くと、彼女は小指を立てて幹を握り、粘液の滲む尿道口をチロチロと舐め回した。そして張り詰めた亀頭をくわえると、スッポリと根元まで呑《の》み込んでいった。

「ああ、気持ちいい……」

生温かく濡れた美女の口腔に深々と含まれ、彼は幹を震わせて快感に喘いだ。

百合香は幹を締め付けて強く吸い、熱い鼻息で恥毛をくすぐりながら、口の中ではクチュクチュと丁寧に舌をからめてきた。

藤夫が快感に任せてズンズンと股間を突き上げると、

「ンン……」

喉の奥を突かれた彼女が小さく呻き、たっぷり唾液を溢れさせながら合わせてスポスポと強烈な摩擦を開始してくれた。

「い、いきそう……」

高まった彼が言うと、百合香はすぐにスポンと口を引き離した。

「跨《また》いで入れて……」

藤夫が言うと、彼女もすぐに身を起こして前進し、彼の股間に跨がってきた。

先端に割れ目を押し付け、位置を定めてゆっくり腰を沈めると、屹立《きつりつ》したペニスはヌルヌルッと滑らかな肉襞の摩擦を受け、根元まで嵌まり込んだ。

「アアッ……、いいわ……」

ピッタリと股間を密着して座り込んだ百合香が、顔を仰け反らせて喘ぎ、キュッときつく締め付けてきた。

やはり正規の場所が一番良いようだ。

藤夫も温《ぬく》もりと感触を味わいながら幹を震わせ、両手を伸ばして彼女を抱き寄せた。

百合香が身を重ねてくると両膝を立てて豊満な尻を支え、藤夫は両手を回して抱き留めた。動かなくても、キュッキュッと膣内の収縮にペニスが心地よく刺激された。

「やっぱり、お尻よりこっちの方がいいわ……」

彼女が近々と顔を寄せて囁き、徐々に腰を動かしはじめた。

形良い唇から漏れる吐息は熱い湿り気を含み、嗅ぐと白粉臭の刺激が濃厚に鼻腔を掻き回してきた。

下から顔を引き寄せて唇を重ねると、

「ンン……」

百合香は腰を遣いながら熱く呻き、藤夫もネットリと舌をからめて股間を突き上げはじめた。

次第に互いの動きがリズミカルに一致してゆき、クチュクチュと摩擦音を響かせながら、溢れた愛液が生温かく彼の肛門の方にまで伝い流れてきた。

「ああ、いきそうよ……」

彼女が唾液の糸を引きながら、口を離して喘いだ。アナルセックスですっかり下地も出来上がり、すぐにも絶頂を迫らせたように膣内の収縮が活発になっていった。

「唾を飲ませて……」

せがむと百合香も懸命に唾液を分泌させて唇をすぼめ、白っぽく小泡の多い唾液をトロトロと吐き出してくれた。彼は舌に受けて味わい、うっとりと飲み込んで酔いしれた。

「顔中にも……」

さらに言うと、百合香もクチュッと彼の鼻筋に唾液を垂らし、それを舌で顔中に塗り付けてくれた。

「アア、気持ちいい……」

藤夫は舌のヌメリで顔中ヌルヌルにされながら喘いだ。甘い口の匂いに、ほのかに甘酸っぱい唾液の香りが混じって鼻腔を刺激され、それだけで急激に絶頂が迫ってきた。

すると、先に百合香の方がオルガスムスに達してしまったようだ。

「い、いっちゃう……、アアーッ……！」

声を上ずらせ、ガクガクと狂おしい痙攣を開始した。

膣内の収縮も最高潮になり、その快楽の渦に巻き込まれるように、続いて藤夫も昇り詰めてしまった。

「い、いく……！」

突き上がる大きな絶頂の快感に呻き、ありったけの熱いザーメンをドクンドクンと勢いよくほとばしらせると、

「ヒッ……、熱い……！」

噴出を受け、柔肉の奥深い部分を直撃された百合香が駄目押しの快感に息を呑んで口走り、貪欲にザーメンを飲み込むように、キュッキュッと膣内を締め上げてきた。

藤夫は彼女の唾液に濡れた唇に鼻を擦りつけ、悩ましい匂いで胸を満たしながら、肉襞の摩擦の中で快感を味わい、心置きなく最後の一滴まで出し尽くしていった。

すっかり満足して徐々に突き上げを弱めていくと、

「ああ……」

百合香も満足げに声を洩らし、熟れ肌の強《こわ》ばりを解いて力を抜き、グッタリと体重を預けてきた。

互いの動きが止まっても、まだ膣内は名残惜しげな収縮が繰り返され、刺激されたペニスが過敏にヒクヒクと中で跳ね上がった。

「あう……、もうダメ……」

百合香も敏感になっているように呻き、キュッときつく締め付けた。

藤夫は彼女の重みと温もりを受け止め、かぐわしく濃厚な吐息を間近に嗅ぎながら、うっとりと快感の余韻を味わったのだった……。

4

「いよいよ合宿も今日で終わりだわ。東京へ戻っても会えるかしら」

明け方、まだ暗いうちに明日香が藤夫の部屋に忍んできて囁いた。

早くに目が覚め、もう寝つけなくなったらしい。

彼も、可憐な美少女を見た途端に目が覚め、朝立ちの勢いのまま激しい淫気を湧かせてしまった。

「もちろん会えるけど、東京へ帰ったらもっとカッコいい男に目が移るだろう」

藤夫は言った。

ここは女だけの施設で、彼しか男がいないから、欲求解消の道具として共有で扱っていたに過ぎないだろう。

「そんなことないわ。何しろお兄さんは、私にとって最初の男性だし」

明日香が添い寝しながら言う。

一晩でたっぷり沁み付いた甘ったるい汗の匂いと、寝起きですっかり濃くなった吐息が、悩ましく彼の鼻腔を刺激してきた。

「じゃ、脱ごうか」

「うん……」

藤夫が言うと、明日香も素直に頷《うなず》いて互いに全裸になってしまった。

彼は美少女の足首を摑《つか》んで顔に引き寄せ、指の股を嗅ぎながら舌を這わせた。

「あん……」

明日香が喘ぎ、くすぐったそうにクネクネと腰をよじった。

新陳代謝の活発な思春期は、一夜分だけで充分にムレムレの匂いが悩ましく指の股に沁み付いていた。

胸を満たしてから爪先をしゃぶり、両足とも味と匂いを貪り尽くしてから、彼は仰向けになった。

「跨いで」

引き寄せて言うと、彼女も藤夫の顔に跨がり和式トイレスタイルでしゃがみ込んできた。M字になった脚がムッチリと張り詰め、ぷっくりした割れ目が鼻先に迫った。

腰を抱き寄せて淡い茂みに鼻を擦りつけて嗅ぐと、やはり一夜分の濃厚な汗の匂いが甘ったるく籠もっていた。

胸を満たして舌を這わせると、すでに割れ目内部はヌラヌラと大量の蜜が溢れて、すぐにも動きが滑らかになった。

舌を挿し入れて膣口の襞を掻き回し、味わいながらゆっくりクリトリスまで舐め上げていくと、

「アア……、いい気持ち……」

明日香が熱く喘ぎ、座り込みそうになっては懸命に両足を踏ん張った。

チロチロと舌先でクリトリスを弾《はじ》くと、愛液の量が格段に増してきた。

さらに藤夫は大きな水蜜桃のような尻の真下に潜り込み、顔中を双丘に密着させ、谷間の蕾に鼻を埋め込んで嗅いだ。

蒸れた汗の匂いに混じり、うっすらとしたビネガー臭も感じられ、悩ましく鼻腔が刺激された。やはり眠っている間に、微かに気体が漏れたりした名残なのだろう。

充分に嗅いでから舌を這わせて収縮する襞を濡らし、ヌルッと潜り込ませて滑らかな粘膜を探った。

「あう……」

明日香が呻き、キュッときつく肛門で舌先を締め付けてきた。

やがて彼は、美少女の前も後ろも存分に味と匂いを貪った。

「おしゃぶりして……」

藤夫が言うと、何と明日香は身を反り返らせてブリッジし、そのまま倒立しながら一回転して亀頭にしゃぶり付いてきた。さすがに新体操のホープらしく、最短距離でクンニからフェラに移行したのだ。

チロチロと尿道口を舐め回し、スッポリと喉の奥まで呑み込むと、明日香はチラと彼の表情を見上げてから吸い付き、股間に熱い息を籠もらせながらネットリと舌をからめてきた。

「ああ、気持ちいい……」

藤夫も快感に喘ぎ、小刻みに股間を突き上げると、彼女も顔を上下させスポスポと強烈な摩擦を開始してくれた。

美少女の生温かく清らかな唾液にまみれたペニスがヒクヒクと快感に震え、彼女はこのペニスが昨夜母親の前後の穴に入ったことも知らず夢中でおしゃぶりを続けた。

「唾を飲み込まず口に溜《た》めておいてね」

「うん……」

言うと彼女も含みながら熱い息で小さく答え、なおも舌の蠢きと吸引、摩擦を繰り返してくれた。やがて充分に高まると、藤夫は彼女の手を握って引っ張り上げた。

「来て……」

言うと明日香もチュパッと無邪気な音を立てて口を離し、唇をつぐんだまま前進してきた。

そしてペニスに跨がりながら顔を寄せ、すぼめた口からトロトロと大量の唾液を吐き出してくれたのだ。

白っぽく小泡の多い唾液を舌に受け止め、生温かなヌメリを味わってからうっとりと喉を潤して酔いしれた。

ネットなどでは、フェラした直後のキスを嫌がるようなダメ男が世の中にはほんの少数いるようだが、女性から出るものに汚いものなどないと思っている彼は気が知れなかった。もちろん自分のペニスだって、口が届くものならしゃぶりたいぐらいである。

その間にも、明日香が先端に濡れた割れ目を押し当て、自分から女上位でゆっくりと腰を沈め、膣口に受け入れていった。

張り詰めた亀頭が潜り込むと、あとは重みとヌメリでヌルヌルッと滑らかに根元まで嵌まり込んだ。

「アア……」

明日香が顔を仰け反らせて喘ぎ、キュッと締め付けながら座り込んで股間を密着させてきた。

「脚を伸ばして回転できる?」

彼女の肉体の柔軟さに、藤夫は思わず言ってみた。

すると明日香も脚を左右に広げてゆき、ほぼ一直線の百八十度に開かれた。

そして、まるでゼンマイでも巻くようにゆっくり身を回転させていったのだ。

入っているペニスがよじれるような感覚があったがヌメリに助けられ、彼女の伸ばした片方の脚が藤夫の胸に乗せられた。

「アア……」

さらに彼女が喘ぎながら回転を続けたが、途中でどうしても角度が合わなくなり、広げていた脚を縮めて続行した。

やがて明日香が彼の股間に座ったまま背を向け、さらに一回転して向き直ってきた。

通常の女上位に戻ると、藤夫は高まりながら両手を回して抱き寄せ、彼女も身を重ねてきた。

潜り込んでピンクの乳首を含み、舌で転がしながら顔中で十八歳の膨らみを味わった。左右の乳首を吸って舐め回し、腋の下にも鼻を擦りつけ、甘ったるい汗の匂いを貪った。

「ああ、いい気持ち……」

彼女もすっかり快感を芽生えさせ、股間を擦り付けるように動かしはじめた。

藤夫も両手で下からしがみつきながら、明日香の首筋を舐め上げ、ピッタリと唇を重ねた。

「ンン……」

彼女は熱く呻きながら腰を遣い、潜り込んだ藤夫の舌を舐め回してくれた。

唾液に濡れた舌が滑らかに蠢き、生温かな唾液がトロトロと注がれてきた。

彼はうっとりと飲み込みながらズンズンと股間を突き上げはじめていった。

「アア……、奥まで響くわ……」

明日香が口を離して喘ぎ、動きを合わせて互いの股間を熱い愛液でビショビショにさせた。

藤夫は彼女の顔を引き寄せ、喘ぐ口に鼻を押し込んで熱い息を嗅いだ。

甘酸っぱい濃厚な匂いで鼻腔を刺激されると、膣内のペニスがヒクヒクと歓喜に震えた。

「下の歯を、僕の鼻の下に引っかけて」

言うと、明日香もすぐに口を開き、下の歯並びを鼻の下に当ててくれた。

胸いっぱいに口の中を嗅ぐと、果実臭に混じり下の歯から微かなプラーク臭も感じられ、ゾクゾクと胸に沁み込んできた。

「ああ、なんていい匂い……」

藤夫は美少女の口の匂いに酔いしれながら喘ぎ、激しく股間を突き上げて摩擦快感に高まっていった。

「き、気持ちいいわ、すごい……」

明日香が熱く喘ぎ、膣内の収縮を強めてガクガクと痙攣を開始した。

まだ完全なオルガスムスではないかも知れないが、彼女は僅かの間にすっかり成長したようだ。

藤夫も甘酸っぱい匂いに包まれながら、肉襞のヌメリと締め付けの中で激しく昇り詰めていった。

「い、いく……！」

彼は大きな快感に口走り、同時に熱い大量のザーメンをドクンドクンと勢いよくほとばしらせてしまった。

「あ、熱いわ……、出ているのね……」

奥深くに噴出を感じた明日香が言い、味わうようにキュッキュッと収縮を繰り返した。

藤夫も心ゆくまで快感を嚙《か》み締め、最後の一滴まで出し尽くしていった。

満足しながら突き上げを弱め、彼女の重みと温もりを味わうと、

「アア……」

明日香も声を洩らして硬直を解き、グッタリともたれかかってきた。

ペニスは息づくような締め付けの中でヒクヒクと過敏に震え、彼は荒い呼吸を繰り返した。

そして美少女の吐き出す熱い息を嗅ぎ、甘酸っぱい芳香でうっとりと鼻腔を湿らせながら余韻に浸り込んだのだった。

「気持ち良かったわ。これがいく感じなのね……」

「うん、この次はもっと大きくいけると思うよ」

明日香が自身の内部に芽生えた快感を探って呟《つぶや》くように言うと、藤夫も答え、一緒に重なりながら荒い息遣いを整えたのだった……。

5

「いよいよ明日の朝には、みんな引き上げていくのね……」

奈津美が、名残惜しげに藤夫に言った。

今朝早く、一戦を終えてから明日香が大部屋へ戻って行き、彼はもう一度眠ったが寝坊し、今はブランチを済ませ片付けを終えたところだった。

もう百合香と女子大生たち四人は体育館で、合宿の総仕上げの練習にかかっている。

明日の朝、一行は百合香のバンで東京へ帰る。

藤夫は、来たときは一人だったが七人乗りなので帰りは一緒に乗せてもらえるだろう。

「ええ、僕も寂しいです。皆は僕と同じ東京だけど、奈津美さんとはしばらく会えないですからね」

藤夫はキッチンの椅子にかけて言い、淫気を湧かせながら傍らに立っている奈津美の胸に縋《すが》り付いてしまった。

彼女も優しく抱いてくれ、髪を撫でながらブラウスのボタンを外した。

「最後と思うと、またお乳が出てきたのよ。ほら」

奈津美が言ってブラのフロントホックを外すと、前回はあまり出なかった母乳が、色づいた乳首で白濁の雫を脹らませていたのだ。

「わあ、嬉しい……」

藤夫は嬉々《きき》としてチュッと乳首を含み、雫を舐めながら吸い付いた。

もうすっかり吸い方も慣れたもので、すぐにも生ぬるく薄甘い母乳が分泌され心地よく舌を濡らしてきた。

「ああ、いい気持ち……」

彼女は熱く喘ぎ、絞るように巨乳を揉みしだいて甘ったるい体臭を漂わせた。

藤夫は夢中になって充分に喉を潤し、乱れたブラウスに潜り込むようにして、もう片方の乳首にも吸い付いていった。

口の中から胸いっぱいに甘ったるい匂いが広がり、短パンの中で痛いほどペニスが突っ張ってきた。

やがて左右の乳首を含み、最後の母乳を吸い尽くすと、さらに彼は腋の下にも顔を埋め込み、色っぽい腋毛に鼻を擦りつけた。

甘ったるい濃厚な汗の匂いで鼻腔を満たすと、奈津美がやんわりと彼の顔を引き離した。

「お部屋へ行ってもいい？」

言われて、すぐにも彼は立ち上がり、一緒に部屋へ入った。

もう充分すぎるほど互いの淫気が伝わり合っているので、無言で手早く全裸になると、奈津美は布団に熟れ肌を横たえた。

藤夫は屈み込んで、奈津美の足裏を舐め、指の間に鼻を押し付けて嗅いだ。

「あう、そんなところから……」

奈津美がビクリと反応して呻き、爪先を縮こめた。

彼はムレムレの匂いを貪り、爪先にしゃぶり付いて桜色の爪を舐め回した。

そして全ての指の股にヌルッと舌を割り込ませて、生ぬるい汗と脂の湿り気を味わった。

「くすぐったいわ……」

奈津美がクネクネと腰をよじり、彼は両足とも味と匂いを貪り尽くした。

そして大股開きにさせ、まばらな体毛のある脛《すね》に頬ずりしてから、ムチムチと張りのある脚の内側を舐め上げていった。

白く滑らかな内腿をたどって熱気と湿り気の籠もる股間に迫ると、はみ出した陰唇の内側からは母乳に似た白濁の愛液が滲み出ていた。

指で広げると、襞の入り組む膣口が艶《なま》めかしく息づき、光沢を放つクリトリスも精一杯ツンと突き立っていた。

黒々と艶のある茂みに鼻を擦りつけて嗅ぐと、蒸れた汗とオシッコの匂いが濃厚に籠もり、悩ましく鼻腔を刺激してきた。

舌を挿し入れて膣口の襞をクチュクチュ掻き回すと、淡い酸味のヌメリが動きを滑らかにさせた。

味わいながらクリトリスまで舐め上げていくと、

「アア……、いい気持ちよ……」

奈津美がビクッと顔を仰け反らせて喘ぎ、内腿でムッチリと彼の両頬をきつく挟み付けてきた。

藤夫は豊満な腰を抱え込んで押さえ、執拗にチロチロとクリトリスを舐めてはヌラヌラと溢れてくる大量の愛液をすすった。

さらに彼女の両脚を浮かせ、白く豊かな尻の谷間にも迫った。

レモンの先のように僅かに突き出た蕾に鼻を埋めて嗅ぐと、秘めやかな微香が生ぬるく蒸れて籠もり、ゾクゾクする刺激が鼻腔を満たしてきた。

そして顔中を双丘に密着させ、舌を這わせて濡らし、ヌルッと潜り込ませて滑らかな粘膜を探った。

「あう……」

奈津美が呻き、モグモグと味わうように肛門で舌先を締め付けてきた。

藤夫は充分に中で舌を蠢かせてから、脚を下ろして再びチュッと強くクリトリスに吸い付いた。

「アア……、もういいわ、今度は私がしてあげる……」

奈津美が言って身を起こしてきたので、股間を這い出した藤夫も入れ替わりに仰向けになった。

両膝を立てて大股開きになると彼女が腹這い、股間に顔を寄せてきた。

「ね、少しだけ嚙んでもいい？」

「ええ……」

奈津美が言うので、まさかペニスではないだろうなと思いながら彼は頷いた。

すると彼女は内腿にキュッと歯を立て、モグモグと咀嚼《そしゃく》するように付け根まで移動し、股間を避けて反対側の内腿を嚙んで移動した。

「ああ……」

ゾクゾクする甘美な刺激に藤夫は喘いだ。まるで大きなスイカにでもかぶりつくような仕草である。

奈津美は左右の内腿を歯で愛撫してから脚を浮かせ、チロチロと肛門を舐め、自分がされたようにヌルッと潜り込ませてきた。

「あう……」

藤夫は妖しい快感に呻き、キュッと美女の舌先を肛門で締め付けた。

彼女が熱い鼻息で陰嚢をくすぐりながら中で舌を蠢かすと、内部から刺激されるように勃起したペニスがヒクヒクと上下した。

ようやく彼女が舌を引き離して脚を下ろし、陰嚢を舐め回して睾丸を転がし、生温かな唾液で袋全体をヌメらせた。

そしていよいよ身を乗り出し、肉棒の裏側を舐め上げ、滑らかに先端までたどってきた。

粘液の滲む尿道口をチロチロと舐め、張り詰めた亀頭にも舌を這わせた。

そして丸く開いた口でスッポリと根元まで呑み込み、幹を締め付けてチュッと強く吸い、ネットリと舌をからめてきた。

「ああ、気持ちいい……」

藤夫は快感に喘ぎ、美女の口の中でヒクヒクと幹を震わせた。

さらに奈津美は顔を小刻みに上下させ、濡れた口でスポスポと強烈な摩擦を繰り返しながら舌を蠢かせた。

「い、いきそう……」

すっかり高まった藤夫が言うと、奈津美もすぐにスポンと口を引き離した。

「上から入れて……」

彼が言うと奈津美も前進して跨がり、唾液に濡れた先端を膣口にゆっくり受け入れていった。

「アア……、いいわ、奥まで届く……」

ヌルヌルッと根元まで納めると、彼女が股間を密着させて喘いだ。

藤夫も肉襞の摩擦と温もりに包まれながら両手を伸ばし、彼女を抱き寄せた。

そして両膝を立ててズンズンと股間を突き上げ、潜り込んで左右の乳首を舐めたが、もう打ち止めのようで母乳は滲んでこなかった。

「唾を飲ませて」

言うと奈津美も顔を寄せ、ピッタリと唇を重ねながらトロトロと生温かな唾液を注ぎ込んでくれた。

藤夫は小泡の多い粘液を味わい、うっとりと喉を潤しながら突き上げを強めていった。

「ああ……、お願い、上になって……」

途中で奈津美が言い、いったん股間を引き離してきた。

本来は正常位が好きなようだった。

藤夫は上になり、股間を進めて先端をあてがい、再びヌルヌルッと深く挿入していった。

「アア……！」

彼女が熱く喘ぎ、両手で藤夫を抱き寄せた。彼も熟れ肌に身を重ね、胸の下で押し潰れて弾む巨乳を味わった。

すると奈津美が下からしがみつきながら、ズンズンと股間を突き上げてきた。

藤夫も合わせて腰を突き動かし、何とも心地よい摩擦に高まった。

上から唇を重ねて舌をからめ、なおも股間をぶつけるように律動すると、

まった。

「アア、い、いきそう……！」

奈津美が息苦しそうに口を離し、淫らに唾液の糸を引いて喘いだ。

開いた口に鼻を押し込んで嗅ぐと、濃厚な花粉臭が悩ましく鼻腔を刺激してきた。それに唾液の匂いも混じって胸を掻き回し、たちまち藤夫は絶頂に達してしまった。

「い、いく……！」

快感に口走り、熱いザーメンをドクンドクンと勢いよく注入すると、

「き、気持ちいいわ……、アアーッ……！」

噴出を感じた奈津美も同時に声を上ずらせ、ガクガクと狂おしいオルガスムスの痙攣を開始した。

藤夫は心ゆくまで快感を味わい、最後の一滴まで出し尽くしていった。

満足しながら徐々に動きを弱め、体重を預けていくと、

「アア……、良かったわ……」

奈津美も声を洩らして肌の硬直を解き、グッタリと四肢を投げ出していった。

膣内の収縮は続き、刺激されたペニスが過敏にヒクヒクと震え、彼は甘い刺激の吐息を嗅ぎながら余韻を味わった。

「ああ、何だか、泣きそう……」

奈津美が息を弾ませて言い、みるみる睫毛《まつげ》を湿らせて鼻の穴まで濡らしはじめてしまった。

鼻の穴のヌメリを舐めると、それは味わいも粘つきも、彼女の愛液そっくりの舌触りであった……。

第六章　目眩《めくるめ》く女体三昧《ざんまい》の日々

1

「じゃ、今日はこれで終わりにしましょう」

体育館で百合香が言うと、四人の女子大生たちはほっとしたように笑みを洩《も》らして整列した。

練習を見ながら取材メモを取っていた藤夫も、体育館に籠もる匂いを嗅ぐのもこれで終わりだなと思い感無量だった。

まだ午後三時だが、特別合宿の仕上げは充分だったらしい。

やがて全員が体育館から引き上げ、藤夫も一緒に戻ってきた。

百合香だけ先に手早くシャワーを浴びて着替え、奈津美の車で一緒に出かけていった。今夜はご馳走《ちそう》を作るので、二人で買い物に行ったのだ。

「ね、お兄さん、最後だから皆で一緒にお風呂入りましょう」

キャプテンの杏里が言い、他の三人も目をキラキラさせている。

そして全員が脱衣所にひしめき合い、汗に濡《ぬ》れたレオタードやサポーターを脱いで洗濯機に入れた。

藤夫は、四人分の甘ったるく濃厚な汗の匂いにゾクゾクと興奮しながら、自分も全裸になっていった。

「あ、足を濡らす前に嗅がせて……」

彼はピンピンに勃起しながら言い、脱衣所の床に座り込んだ。バスルームに入ってしまうと湯に濡れて、新鮮な匂いが消えてしまうのだ。

「最後まで変わらないわね」

杏里が言い、隣の子に摑《つか》まりながら素直に足を差し出してくれた。

藤夫は彼女の足を両手で押し頂くように支え、指の間に鼻を割り込ませて嗅いだ。そこは今までで一番ジットリと生ぬるい汗と脂に湿り、ムレムレの匂いが濃く沁《し》み付いていた。

彼は充分に鼻腔《びこう》を刺激されてから爪先にしゃぶり付き、順々に指の股に舌を挿し入れて味わった。

「あう……」

杏里が呻《うめ》き、ガクガクと膝を震わせた。

藤夫は足を交代してもらい、もう片方の爪先も嗅いで胸を満たし、しゃぶり付いて味と匂いを貪り尽くした。そうしている間にも、杏里の全身を伝う汗が脚にも流れてきた。

「も、もういいでしょう。大勢いるんだから……」

杏里が言って足を下ろし、先にバスルームへ入って行った。

「まだ流さないで」

「分かってるわ」

言うと中で彼女が答え、藤夫は年齢順に次は咲枝の爪先に鼻を押し付けて蒸れた匂いを嗅いだ。彼女も杏里に負けないほど濃厚な匂いを沁み付かせていたが、やはり微妙に成分が異なるようだ。

藤夫は匂いを貪って爪先をしゃぶり、両足とも味と匂いを堪能《たんのう》すると、咲枝もバスルームに入っていった。

何やら、彼に足指を洗ってもらってからバスルームに入っていくようだ。

次に彼は涼子の足指を嗅いでしゃぶり、両足とも堪能すると、彼女もバスルームに入っていった。

最後に明日香が、誰にも支えてもらえないので洗濯機に寄りかかって片方の足を差し出してきた。藤夫は指の間に鼻を割り込ませて蒸れた匂いを嗅ぎ、爪先をしゃぶって汗と脂の湿り気を味わった。

「アア、くすぐったいわ……」

明日香が喘ぎ、藤夫は両足ともしゃぶり尽くすと、彼女と一緒にバスルームに入っていった。

「来て、ここに寝て」

先に入っていた彼女たちが、床にバスマットを敷いて言った。

本当は、全身を這《は》い回る汗を早く洗い流してさっぱりしたいのだろうが、彼のために我慢してくれていた。

藤夫が仰向《あおむ》けになると、四人は彼を取り囲んで見下ろしてきた。

「どうされたいの？」

「順々に、顔に跨《また》がって……」

キャプテンの杏里が訊《き》くと、藤夫は四人の熱い視線と体臭に圧倒され、ピンピンに勃起しながら答えた。

咲枝と涼子の二人を相手にしたときも迫力があったが、その倍、四人に囲まれるとなるとゾクゾクと期待に胸が震え、反面、身体《からだ》が保つだろうかと不安にさえなった。

もちろんここでも歳《とし》の順で杏里から藤夫の顔に跨がり、ためらいなくしゃがみ込んできた。四人の中で一番筋肉質の脚がM字になってムッチリと張り詰め、割れ目が鼻先に迫ってきた。

はみ出した花びらはヌラヌラと大量の蜜に潤い、熱気と湿り気が彼の顔中を包み込んできた。

腰を抱えて引き寄せ、汗に湿った恥毛に鼻を埋め込むと、やはり今までで一番濃厚に甘ったるい汗の匂いが籠もり、それにほのかなオシッコ臭も混じって鼻腔を悩ましく刺激してきた。

藤夫は胸いっぱいに嗅《ひだ》ぎながら舌を挿し入れ、淡い酸味のヌメリに合わせてクチュクチュと膣口《ちつこう》の襞を掻《か》き回し、味わいながらゆっくりクリトリスまで舐《な》め上げていった。

「アァッ……、いい気持ち……！」

杏里が熱く喘《あえ》ぎ、キュッと股間を押しつけてきた。

藤夫も濃い匂いに噎《む》せ返りながらチロチロとクリトリスを舐め、滴る愛液をすすった。

すると誰かが待ちきれないように彼のペニスにしゃぶり付き、スッポリと根元まで呑《の》み込んでいった。さらにそれを見た他の二人も左右から顔を寄せ、脇腹にキュッと歯を立てたり、交代して亀頭をしゃぶったりしてきたのだ。

「く……」

藤夫は快感に呻きながら、必死に杏里のクリトリスを吸った。

ここで果ててしまったら、とても全員まで回りきれないだろう。

それでは彼女たちも不満だろうし、何しろこんな機会に堪能できなかったら彼自身が一番残念である。

さらに藤夫は杏里の尻の真下に潜り込み、顔中に汗ばんだ双丘を受け止めながら、谷間の蕾《つぼみ》に鼻を押し付けて嗅いだ。

秘めやかに蒸れた匂いが鼻腔を刺激し、彼は充分に貪ってから舌を這わせ、ヌルッと潜り込ませて滑らかな粘膜を探った。

「あう……！」

杏里が呻き、キュッと肛門で舌先を締め付けてきた。

藤夫は舌を蠢《うごめ》かせ、やがて彼女の前も後ろも味わうと、ようやく股間を引き離してくれた。

続いて咲枝が跨がってしゃがみ、杏里は息を弾ませながら他の二人に混じり、彼の全身を愛撫《あいぶ》しはじめた。

咲枝の股間を抱き寄せ、柔らかな茂みに鼻を擦《こす》りつけて嗅ぐと、こちらも濃厚に甘ったるい汗の匂いが籠もって鼻腔を刺激し、愛液も杏里に負けないほど大洪水になっていた。

清らかなヌメリを味わい、濃い匂いに噎せ返りながら膣口からクリトリスまで舐め上げていくと、

「アアッ……！」

咲枝が熱く喘ぎ、柔肉を蠢かせながら彼の顔中に割れ目を擦り付けてきた。

やはりバスルームだとすぐ洗えるので、彼女たちも大胆になっているようだ。

その間もペニスが微妙に異なる感触の口腔に、交互に含まれていたが、藤夫は懸命に暴発を堪《こら》え、目の前の割れ目に専念した。

咲枝の味と匂いを堪能すると、同じように尻の真下に潜り込み、顔中に白く丸い双丘を受け止めながら、蕾に鼻を埋《うず》めて蒸れた匂いを貪り、舌を這わせてヌルッと潜り込ませた。

ローターまで入れる咲枝の蕾は括約筋を緩め、モグモグと彼の舌を呑み込んで締め付けた。

藤夫は滑らかな粘膜を味わい、やがて舌を引っ込めると、彼女も素直に待っている子のために場所を空けたのだった。

涼子が跨がり、M字にした脚をムッチリ張り詰めさせてしゃがみ込み、濡れた割れ目を密着させた。

濃厚な汗とオシッコの匂いに噎せ返りながらクリトリスに舌を這わせると、清らかな蜜がトロトロと滴ってきた。

「ああ……、いい気持ち……」

涼子が喘ぐと藤夫はヌメリをすすりながらクリトリスを舐め回し、尻にも移動して微香の籠もる蕾を嗅ぎ、舌を這わせてヌルッと潜り込ませた。

そして微妙に甘苦い粘膜を探って舌を離すと、いよいよ最後に明日香が交代してしゃがみ込んできた。

美少女の若草も汗とオシッコの蒸れた匂いが濃く沁み付き、さらに淡いチーズ臭も混じって悩ましく鼻腔を刺激してきた。

一人一人がとびきり美しいのに、それを四人順々に味わうなど贅沢《ぜいたく》すぎ、じっくり味わわないと罰が当たりそうだった。

藤夫はチロチロと明日香のクリトリスを舐め回し、溢《あふ》れる蜜をすすった。

2

「アア……、すごいわ……」

明日香も熱く喘いでヒクヒクと内腿を震わせ、しゃがみ込んでいられないほど身悶《みもだ》えた。

藤夫は尻の真下に潜り込み、ピンクの蕾に籠もる微香を貪ってから舌を這わせ、ヌルッと潜り込ませて粘膜を味わった。

「あう……！」

明日香が可憐《かれん》に呻き、キュッと肛門《こうもん》で舌先を締め付けた。

彼は舌を蠢かせ、これで四人全員の前と後ろを味わったのだった。

明日香が股間を引き離すと、あらためて彼は全身に這い回る彼女たちの舌のヌメリにクネクネと悶えた。

もちろん明日香も愛撫に加わり、左右の乳首が吸われ、脇腹が嚙《か》まれ、交互に亀頭がしゃぶられた。もう羞恥心も独占欲もなく、ただ四人は淫気を溢れさせて一人の男を弄んでいた。

何やら彼は、美しい四匹の牝獣に貪り食われているようだった。

「い、いきそうだから、しばらくペニスだけは触れないで。それより順々にオッパイを……」

藤夫が言うと、四人もひしめき合うように彼の顔に白い膨らみを迫らせてきたのだった。

左右から杏里と咲枝が乳房を顔に押し付けると、彼も交互にピンクの乳首に吸い付き、顔中で張りのある膨らみを味わった。

甘ったるい汗の匂いが濃厚に混じり合い、悩ましく鼻腔を刺激してきた。

順々に乳首に吸い付いて舌で転がすと、彼女たちも実に見事なチームワークで入れ替わり、誰も自分だけ長くとせがむ子はいなかった。

彼は四人全員の乳首を全て味わい、さらに腋《わき》の下にも鼻を押し付けた。

みな腋は生ぬるくジットリと湿り、何とも甘ったるい汗の匂いを濃厚に籠もらせていた。

藤夫は混じり合ったミルク臭に酔いしれ、いよいよ一回目の射精をしないと治まらなくなっていた。いきなり暴発するより、ちゃんと挿入した方が彼女たちも良いだろう。

すると、先に杏里が言い、

「ね、入れたいわ。もういいでしょう」

返事も待たずに亀頭をしゃぶり、唾液でヌメリを補充してから跨がってきた。

先端に割れ目を押し付け、ゆっくり腰を沈めて膣口に受け入れていった。

藤夫も漏らさないよう身構えながら、ヌルヌルッと根元まで滑らかに呑み込まれた。

「アア……、いい気持ち……!」

杏里が顔を仰《の》け反《ぞ》らせて喘ぎ、完全に座り込んでピッタリと股間を密着させてきた。彼女は藤夫の胸に両手を突っ張り、やや上体を反らせ気味にして股間を擦り付けはじめた。

するとカリ首が、膣内の天井にリズミカルに擦られた。

「あう……、すぐいきそう……」

杏里が徐々に動きを早めながら言うと、クチュクチュと湿った摩擦音も聞こえてきた。

他の三人も興奮を高めながら見守り、彼は取り囲まれながらミックスされた体臭に包まれ、懸命に暴発を堪えていた。

「い、いっちゃう……、アアーッ……！」

たちまち杏里が膣内の収縮を強めて声を上ずらせ、ガクガクとオルガスムスの痙攣《けいれん》を開始した。

藤夫も収縮に巻き込まれないように息を詰め、必死に我慢しているうち杏里も満足げにグッタリとなっていった。

「ああ……、気持ち良かったわ……」

杏里が身を重ねて荒い息で言い、すぐにも股間を引き離してゴロリと横になっていった。

すると咲枝が跨がり、杏里の愛液にまみれたペニスを深々と膣口に受け入れていった。再び、彼自身は滑らかな摩擦と締め付けに包まれながら、ピッタリと嵌《は》まり込んでいった。

「アア……、感じる……」

咲枝も顔を仰け反らせて喘ぎ、味わうようにキュッキュッと締め上げてきた。

処女でありながら、バイブの快感を知っていた彼女は、すぐにも高まって腰を遣いはじめた。

藤夫もそろそろ限界が近づき、とても三人目までは無理と判断した。

ここで一回済ませようと思い、両手を伸ばして咲枝を抱き寄せた。

すると、彼女が身を重ねてくると、待っている涼子と明日香が左右から添い寝してきた。

藤夫は両膝を立てて咲枝を抱き留め、下から唇を重ねると、左右から涼子と明日香も顔を寄せてきたのである。

さらに余韻に浸っていた杏里までが、彼の頭の方から屈《かが》み込んで顔を舐めてくれたではないか。

（うわ、すごい……）

三人で舌をからめ、たまに杏里も上から割り込み、藤夫は四人分の舌を舐め回し、混じり合った唾液を味わうことが出来た。

しかも甘酸っぱい吐息が四人分ミックスされ、彼の鼻腔を掻き回した。

三人の吐息は基本的に果実臭で、杏里だけほのかなシナモン臭を含んでいたが恐らく昼食後のケアもせず練習の仕上げにかかったので、オニオンやガーリックの成分もほんのり混じり、それらの刺激がゾクゾクと悩ましく彼の鼻腔を満たしてきた。

さらには顔中を舐められてミックス唾液でヌルヌルにされながら、藤夫はズンズンと股間を突き上げ、ひとたまりもなく昇り詰めてしまった。

「く……！」

今までで一番豪華で贅沢な快感に呻き、彼は熱い大量のザーメンをドクンドクンと勢いよくほとばしらせ、柔肉の奥深い部分を直撃した。

「あう、感じるわ……、いく……！」

すると噴出を味わった咲枝が息を詰めて口走り、同時にガクガクと狂おしいオルガスムスの痙攣を開始したのだった。

その収縮で快感が増し、藤夫は四人分の唾液と吐息を吸収しながら、心置きなく最後の一滴まで出し尽くしてしまった。

藤夫は満足し、徐々に突き上げを弱めていくと、咲枝もヒクヒクと身を震わせながらグッタリと力を抜いていった。

「ああ、すごく良かった……」

彼女は言い、荒い息遣いを繰り返しながら、それ以上の刺激を避けるように股間を引き離してきた。すると三人も身を離し、

「もう洗ってもいいわね」

杏里が言って手桶《ておけ》に湯を汲《く》み、割れ目を洗い流すと、咲枝も余韻に浸りながら股間を洗った。

涼子と明日香は、二人分の愛液とザーメンにまみれたペニスに屈み込み、熱い息を籠もらせながらペニスを舐め回してくれた。

「あう……、も、もういいよ……」

藤夫はクネクネと過敏に幹を震わせ、腰をよじらせて言った。

涼子と明日香は舌で綺麗《きれい》にしてくれ、ようやく身を起こした。

「ね、どうしたらすぐ勃《た》つかしら」

涼子も、早く挿入したいように言った。

「オ、オシッコをかけて……」

藤夫が荒い呼吸を整え、余韻を味わいながら答えると、四人はためらいなく立ち上がって仰向けの彼を取り囲んできた。

プロポーション抜群の女子大生四人が、スックと立って見下ろしてくる様子は実に圧巻であった。

「四人が顔にかけたら溺れるわ」

「大丈夫、して……」

杏里が言い、藤夫は答えながらも激しい期待に、すでにムクムクとペニスが回復しはじめていった。

すると四人は彼の顔を囲んで立ったまま股間を突き出し、自ら陰唇を広げて流れの狙いが付きやすいようにした。

唯一胸に跨がったのは、ソバカス美女の涼子である。

「ああ、すぐ出そうよ……」

「大丈夫かしら、本当に……」

彼女たちが上の方でヒソヒソ話しながら尿意を高め、杏里などは力を入れると逞《たくま》しい腹筋が浮かんで躍動した。

藤夫は興奮と期待に胸を高鳴らせ、四人分の放尿を待った。

すると、それほどの時間差もなく、全員がほぼ同時にチョロチョロと熱い流れをほとばしらせてきたのだった。

「アア……、変な感じ……」

「でも気持ちいいわ……」

彼女たちが言いながら、勢いを増して注ぎ、その大部分が藤夫の顔を温かく濡らしてきた。

「あう……」

目や鼻にも入って藤夫は呻き、口に飛び込んだ分も噎せないよう注意しながら必死に喉に流し込んだ。

どの味わいも淡いが、ことさら狙ってくるので、もう誰の流れか分からず、混じり合った匂いも濃厚に胸を満たしてきた。

まるで四筋の、かぐわしい打たせ湯でも浴びているようだ。

そして本当に溺れるのではないかと思った頃、ようやく順々に流れが弱まってゆき、やがて全員が放尿を終えた。

「舐めたい……」

3

藤夫が言うと、また杏里から順々に彼の顔に跨がって割れ目を押し付けてくれた。彼は生温かな余りの雫《しずく》をすすり、残り香に包まれながら柔肉の内部を舐め回した。

「ああ……、いい気持ち……」

杏里が喘ぎ、新たな愛液を漏らすと淡い酸味の潤いで舌の動きがヌラヌラと滑らかになった。

次に咲枝の割れ目を舐め、涼子、明日香と順々に味わい舌で綺麗にしてやる頃には、もうすっかりペニスはピンピンに勃起して、完全に元の硬さと大きさを取り戻していた。

するとまた皆が順々にペニスをしゃぶって、生温かな唾液でヌルヌルにまみれさせてくれた。

ようやく待ちかねたように涼子が跨がり、濡れた割れ目に先端を受け入れ、ヌルヌルッと根元まで嵌め込んでいった。

「アア……、感じるわ……」

涼子がぺたりと座り込んで股間を密着させ、味わうようにキュッキュッと締め付けながら熱く喘いだ。

すぐにも腰を動かし、しかも両脚をM字にしてスクワットするように上下させたから、尻の丸みが股間に心地《ここち》よく当たって弾み、一番奥深くまで突くことが出来た。

大量の愛液が律動を滑らかにさせ、溢れた分が彼の陰嚢《いんのう》から肛門の方まで生温かく伝い流れてきた。

「ああ……、い、いきそう……」

涼子は疲れも見せず腰を上下させ、ピチャクチャと淫らな摩擦音を響かせながら喘いだ。

膣内の収縮も活発になったが、辛うじて藤夫もさっき射精したばかりだから、最後の明日香の番までは保つことが出来そうだった。

さらに彼もズンズンと股間を突き上げはじめると、

「いく……、アアーッ……!」

たちまち涼子が膣内の収縮を強めて声を上ずらせ、ガクガクと狂おしい痙攣を開始した。

それにしても三人が立て続けにオルガスムスに達するというのも、これは非常にすごいことではないだろうかと彼は思った。

「ああ、もうダメ……」

涼子はスクワットして立てていた両膝を左右に突いて声を洩らし、そのままグッタリともたれかかってきた。

そして彼女が息を弾ませながら、そろそろと股間を引き離してゴロリと横になると、最年少の明日香が跨がってきた。

湯気が立つほど愛液にまみれている先端に割れ目を押し当て、息を詰めてゆっくりと膣口に受け入れていった。

「アア……！」

明日香がビクッと顔を仰け反らせて喘ぎ、ヌルヌルッと滑らかな肉襞の摩擦で幹を包みながら股間を密着させてきた。

藤夫も、最もきつい締め付けと熱いほどの温《ぬく》もりを味わいながら幹を震わせると、他の彼女たちが屈み込み、彼の左右の乳首にチュッと吸い付いてきた。

やはり射精と同時に何もかも気が済んでしまう男と違い、女性は絶頂が済んでも余韻の中で、いつまでも戯れていたい生き物なのかも知れない。

彼女たちも藤夫が好むのを知っているので、両の乳首を軽くキュッキュッと噛んでくれた。

「あう、もっと……」

刺激されるたび膣内の幹がヒクヒクと歓喜に震え、藤夫はさらなる愛撫をせがんだ。

彼女たちは左右の乳首を愛撫してから、さらに彼の両足までしゃぶってくれ、足裏に胸の膨らみまで擦り付けてきた。

四人がかりのサービスを受け、藤夫は明日香の内部でムクムクと最大限に膨張し、下からズンズンと小刻みに股間を突き上げはじめた。

「アア……、いい気持ち……」

明日香も喘ぎながら、彼に身を重ねてきた。

藤夫が下から唇を重ね、滑らかに蠢く美少女の舌を味わうと、他の三人がまた一斉に顔を寄せてきた。

「唾を飲ませて……」

彼が唇を離して言い、口を開くと、四人ともがたっぷりと唾液を分泌させて口に溜《た》め、順々にトロトロと注いでくれた。

生温かく小泡の多いミックス粘液を味わい、藤夫は何度かに分けて飲み込んでうっとりと酔いしれた。

甘美な悦《よろこ》びで胸を満たされながら、

「顔にペッって吐きかけて、強く」

さらにせがんでしまった。すると四人は少しためらったが、バスルームですぐに洗えるからと、再び口に唾液を溜め、形良い唇をすぼめて迫り、順々にペッと強く吐きかけてくれた。

「ああ……」

藤夫は快感に喘ぎ、彼女たちが決して他の男にはしないであろう行為を受け止めて高まった。

しかも、生温かな唾液の固まりがピチャッと顔にかかると同時に、甘酸っぱいかぐわしい吐息も顔中を包み込んでくるのだ。

藤夫は絶頂を迫らせながら、明日香の膣内にズンズンと激しくペニスを突き入れた。

「アア……、いい気持ちよ、すごい……！」

すると明日香も声を震わせ、収縮を強めながら腰を遣った。

藤夫は四人の顔を引き寄せ、女子大生たちの混じり合った悩ましい口臭を貪りながら、とうとう昇り詰めてしまった。

「い、いく……！」

突き上がる大きな絶頂の快感に口走り、ありったけの熱いザーメンをドクンドクンと勢いよくほとばしらせると、

「気持ちいいわ……、ああーッ……！」

噴出を感じた明日香も同時に声を上げ、ガクガクと狂おしい痙攣を繰り返しはじめたのだった。

どうやら、本格的な膣感覚のオルガスムスを得たようだった。

「すごいわ。明日香までいってる……」

「もしかして、お兄さんはセックスの天才かも……」

見ていた彼女たちが口々に言い、藤夫は溶けてしまいそうな快感を味わいながら、心置きなく最後の一滴まで出し尽くしていった。

すっかり満足しながら徐々に突き上げを弱めていくと、

「アア……」

明日香も声を洩らし、力尽きたようにグッタリと体重を預けてきた。

まだ膣内は、初めての絶頂の戦《おのの》くような収縮が繰り返され、射精直後のペニスが刺激されてヒクヒクと過敏に跳ね上がった。

「あう……、もうダメ……」

明日香も敏感になって呻き、キュッときつく締め上げてきた。

藤夫は四人の顔を抱き寄せ、混じり合った甘酸っぱい吐息を胸いっぱいに嗅ぎながら、うっとりと快感の余韻を味わったのだった。

やがて明日香が息を弾ませながら、そろそろと股間を引き離してゴロリと横になると、わらわらと三人がペニスに群がってきた。

顔を寄せ合い、熱い息を股間に籠もらせながら順々に亀頭がしゃぶられ、愛液とザーメンのヌメリが吸い取られた。

「く……、どうか、もう勘弁……」

藤夫はクネクネと腰をよじらせて言い、ヒクヒクと幹を震わせて降参した。

ようやく三人も身を起こし、それぞれ湯を浴びて広い浴槽に浸《つ》かりはじめた。

明日香も呼吸を整えて股間を洗い、皆と一緒に浸かった。

藤夫もやっと身を起こしてシャワーを浴び、どうせ彼女たちは髪を洗ったりして長くかかるだろうからと、先にバスルームを出た。

ふと彼は洗濯機の中の、汗に濡れたレオタードを嗅ぎたいと思ったので、どこまで自分は際限が無いのだろうと思ったものだった。

4

「じゃ、お疲れ様でした」

百合香が言い、みなでテーブルを囲んで乾杯した。

あれから百合香と奈津美が戻ってご馳走を作り、女子大生たちは洗濯機を回して、洗ったものを干してから打ち上げが始まったのだ。

涼子と明日香だけジュースだが、他はみなビールを飲み、藤夫も少しだけビールで喉を潤した。

合宿の反省会は明日だというので、打ち上げでは練習の話はせず、和気藹々《わきあいあい》とお喋《しゃべ》りしながら飲み食いした。

(ここにいる全員としたんだなあ……)

藤夫は、皆を見回して感無量だった。バツイチ美熟女に母乳妻、そして四人の女子大生のうち三人が処女。とにかく来たときは童貞だった彼が、六人の女性を堪能したのである。

やがてお開きになると皆で片付けをして、奈津美は帰っていった。

四人は大部屋へ戻り、杏里と咲枝はアルコールも入ったので早寝し、涼子と明日香もすっかり堪能したので寝るようだった。

藤夫は部屋に戻り、明日帰る仕度を調えてから、Tシャツと下着姿で寝ようと横になった。

するとそこへ静かに百合香が入ってきたのだ。彼女はタンクトップに短パン姿だ。

「これ、バイト代よ。領収書にサインして」

「あ、済みません」

藤夫は起き上がって灯《あか》りを点《つ》け、受け取りにサインをし、過分なバイト代を確認した。こんなに快楽を得て、金がもらえるのだから有難い限りである。

「明日は一緒に乗っていくわね？」

「はい、お願いします」

「最後の夜だから、いい？」

百合香が言い、もちろん藤夫は彼女が入って来たときから淫気を湧き上がらせていたので頷いた。すでに今日も何度となく射精したが、彼女と同じく最後の夜と思うと激しく勃起した。

それに何より百合香は、童貞の彼に手ほどきしてくれた女神様なのである。

すぐにも互いに全裸になると、百合香が彼を仰向けにさせ、真っ先にペニスにしゃぶり付いてきたのだ。

「ああ……」

藤夫は唐突な快感に喘ぎ、スッポリと根元まで呑み込まれると、温かく濡れた美女の口の中でヒクヒクと幹を震わせた。

「ンン……」

百合香は小さく呻き、貪るように深々と含んで吸い、滑らかに舌をからめてきた。熱い息が股間に籠もり、さらに彼女が顔を上下させると、唾液に濡れたペニスがスポスポと心地よく摩擦された。

「い、いきそう。今度は僕が……」

急激に絶頂を迫らせた藤夫が身を起こして言うと、百合香もスポンと口を離して、入れ替わりに仰向けになり熟れ肌を投げ出した。

藤夫は足裏を舐め、指の股に鼻を割り込ませて嗅いだ。欲情して気が急《せ》いていても、やはり味わうポイントは決まっているのである。

「あう、そんなところはいいのに……」

百合香が呻き、それでも彼は両足とも嗅いで爪先をしゃぶった。

三時に練習が終わった後にシャワーを浴びてしまったが、奈津美と買い物に行ったりして歩き回っていたから、蒸れた匂いは充分に感じられた。

味わい尽くすと股を開かせ、スベスベの脚の内側を舐め上げ、ムッチリした内腿をたどって股間に迫った。

すでに割れ目は熱い愛液にネットリと潤い、彼は吸い寄せられるように顔を埋め込んでいった。

柔らかな茂みに鼻を擦り付け、隅々に籠もった生ぬるい汗とオシッコの匂いを貪り、陰唇の内側に舌を挿し入れた。

かつて明日香が産まれ出てきた膣口の襞をクチュクチュ掻き回し、淡い酸味のヌメリをたどってクリトリスまで舐め上げていくと、

「アア……、いい気持ち……」

百合香がビクッと身を反らせて喘ぎ、内腿でキュッときつく彼の両頬を挟み付けてきた。

藤夫も豊満な腰を抱えて濃厚な匂いに包まれ、執拗《しつよう》にクリトリスに吸い付いては、溢れてくる愛液をすすった。

さらに両脚を浮かせ、白く豊かな尻の谷間に鼻を埋め、ピンクの蕾に籠もった蒸れた匂いで鼻腔を満たし、舌を這わせてヌルッと潜り込ませた。

「く……」

彼女が呻き、モグモグと味わうように肛門で舌先を締め付けた。

藤夫は舌を蠢かせて粘膜を味わい、ようやく舌を離して脚を下ろし、再びチュッとクリトリスに吸い付いた。

「い、入れて……」

百合香が腰をくねらせてせがみ、すっかり高まった彼も身を起こして股間を進めていった。

幹に指を添えて先端を濡れた割れ目に擦り付け、ゆっくりと亀頭を膣口に潜り込ませ、あとはヌルヌルッと滑らかに根元まで嵌め込んだ。

「アアッ……、いい……！」

百合香がビクッと顔を仰け反らせて喘ぎ、彼が股間を密着させるとキュッときつく締め付けてきた。藤夫も肉襞の摩擦と温もり、大量の潤いと締め付けを味わいながら脚を伸ばし、身を重ねていった。

もうすっかり、正常位でも抜け落ちることもなく慣れたものだった。

そして彼は屈み込み、まだ動かず巨乳に顔を埋め込んでいった。

チュッと乳首に吸い付いて舌で転がし、顔中を柔らかな膨らみに押し付けて感触を味わい、もう片方も含んで充分に舐め回した。

さらに百合香の腕を差し上げ、生ぬるく湿った腋の下にも鼻を擦りつけ、濃く甘ったるい汗の匂いを嗅いで胸をいっぱいに満たした。

すると彼女が、待ちきれないようにズンズンと股間を突き上げ、膣内の収縮を活発にさせてきた。

藤夫も合わせて腰を突き動かし、心地よい摩擦を味わいながら、彼女の白い首筋を舐め上げ、上からピッタリと唇を重ねていった。

柔らかな感触と唾液の湿り気を味わい、舌を挿し入れて滑らかな歯並びを舐めると、

「ンン……」

百合香も呻き、歯を開いてチロチロと舌をからみつけてくれた。

藤夫は美女の滑らかに蠢く舌の感触と、生温かな唾液のヌメリを味わい、次第に股間をぶつけるように激しく律動を開始していった。

「アア……、い、いきそう……、もっと突いて……！」

百合香が仰け反って口を離し、熱くせがんできた。

大量の愛液が動きを滑らかにさせ、クチュクチュと淫らに湿った摩擦音が響いた。揺れてぶつかる陰嚢もヌラヌラと生温かくまみれ、収縮とともに彼女の高まりがペニスに伝わってきた。

百合香の口から吐き出される息は熱く湿り気があり、アルコールの香気に混じり、彼女本来の白粉のように甘い刺激が彼の鼻腔を悩ましく掻き回し、うっとりと胸に沁み込んできた。

彼が百合香の口に鼻を押し付け、唾液と吐息の匂いを嗅ぎながら腰を遣うと、たちまち彼女がオルガスムスに達してしまった。

「い、いい気持ち……、もうダメ……、アアーッ……！」

声を上ずらせ、彼を乗せたままガクガクと狂おしく腰を跳ね上げた。

膣内の収縮も最高潮になり、続いて藤夫も大きな絶頂の快感に全身を貫かれていった。

「く……！」

昇り詰めて呻き、ありったけの熱いザーメンをドクンドクンと勢いよくほとばしらせ、柔肉の奥深い部分を直撃した。

「アア……、感じるわ、もっと……！」

噴出を受け止め、彼女は駄目押しの快感に口走りながら、飲み込むようにキュッキュッときつく膣内を締め付けた。

藤夫は心ゆくまで快感を噛み締め、最後の一滴まで出し尽くした。

すっかり満足しながら徐々に動きを弱めていき、力を抜いて熟れ肌に体重を預けていった。

「ああ……、溶けてしまいそう……」

すると百合香も声を洩らし、肌の強《こわ》ばりを解きながらグッタリと四肢を投げ出していった。

やがて彼は完全に動きを止め、遠慮なくもたれかかった。

膣内は、まだ名残《なごり》惜しげな収縮が繰り返され、刺激されるたび過敏になったペニスがヒクヒクと中で跳ね上がった。

「あう、もうダメ……」

百合香も敏感になって呻き、幹の脈打ちを押さえつけるようにキュッときつく締め付けた。そして藤夫は、美女のかぐわしい吐息を間近に嗅ぎながら、うっとりと快感の余韻に浸り込んでいったのだった。

ようやく彼が股間を引き離し、ゴロリと添い寝すると、百合香が優しく腕枕してくれた。

「このまま、眠ってしまいそう……」

「いいわ、寝ちゃいなさい。続きはまた東京で……」

彼女は髪を撫《な》でて答え、藤夫も美熟女の甘い匂いと温もりに包まれて目を閉じたのだった……。

5

「じゃ出発するわ。忘れ物はないわね」

運転席で百合香が言い、やがてスタートして一行は合宿所をあとにした。

今朝、藤夫が目覚めたときには百合香の姿はなく、彼はシャワーを浴びて身繕いをし、皆で朝食を囲んだのだった。

奈津美も片付けのため顔を出し、やがて出立する皆を見送ってくれた。

藤夫も、感慨深く合宿の日々を思い返した。東京へ戻れば男も多いので、もうあんな極楽気分にはなれないだろう。

女子大生四人は、ミーティングと反省会のため大学へ寄るから、先に降りるので前の方に座った。百合香は、あとはキャプテンの杏里に任せ、自分は藤夫を送ってから帰宅するようだ。

助手席には杏里、その後ろには咲枝と涼子が座った。

そして最後部に、藤夫と明日香が並んで座った。

やがて車が高速に乗る頃、昨夜は遅くまでお喋りしていたらしい咲枝と涼子が眠ってしまった。

しかし、さすがに杏里はキャプテンらしく、運転している百合香が眠くならないよう気遣って何かと話しかけていた。

藤夫の隣の明日香は、眠そうな感じはせず、むしろ隣からピッタリと彼に寄り添い、こっそり手を握っていた。

もちろん藤夫も眠くはなく、むしろ車内に立ち籠める五人の女性たちの混じり合った匂いに股間を熱くさせてしまった。

と、明日香が身を乗り出し、彼の耳に口を付けて囁《ささや》いた。

「大勢も楽しいけど、やっぱり二人きりがいいわ……」

息の湿り気を感じ、彼も小さく頷いた。

前のシートにあるヘッドレストで、最後部で何をしようとバックミラーでは百合香から見えないだろう。

前の二人も寝ているし、運転席の百合香と助手席の杏里はお喋りしているので彼は前の方に注意しながら明日香をそっと抱き寄せ、ピッタリと唇を重ねてしまった。

明日香も身を預け、うっとりと舌をからめてきた。

藤夫は浅く座って、振り返られても前から見えないようにし、執拗に美少女の舌を舐め、生温かくトロリとした唾液を味わった。

すると明日香が大胆に藤夫の股間を探ってきたので、彼もキスしながらファスナーを下ろし、勃起したペニスを引っ張り出してしまった。

ほんのり汗ばんで、生温かく柔らかな手のひらがやんわりと肉棒を包み込み、ニギニギと動かしてくれた。

藤夫も明日香の清らかな唾液をすすりながら、彼女の手の中で最大限に膨張してヒクヒクと幹を震わせた。

ようやく唇を離すと、藤夫は彼女の開いた口に鼻を潜り込ませ、湿り気ある甘酸っぱい息を胸いっぱいに嗅いで高まった。

甘美な悦びが胸に満ち、美少女の唾液と吐息の匂いに刺激され、尿道口からはジワジワと粘液が滲み出てきた。

本当は明日香の胸や股間にも触れたいのだが、喘ぎ声を出されるといけないので控えた。

そして何度となく明日香にキスして舌をからめ、ことさら多めに唾液を出してもらい、うっとりとすすって生温かなシロップで喉を潤した。

やがて果実臭の吐息を心ゆくまで堪能し、顔を引き離すと明日香が彼の股間に屈み込んできた。

明日香は、濡れはじめている尿道口にチロチロと舌を這わせ、熱い息を股間に籠もらせながら亀頭にもしゃぶり付いた。

「ああ……」

藤夫は声にならぬ喘ぎを洩らし、快感に力を抜いていった。

明日香も充分に亀頭を唾液に滑らせると、そのままスッポリと喉の奥まで呑み込み、キュッと幹を唇で締め付けて吸いながら、口の中ではクチュクチュと念入りに舌をからませてくれた。

たちまち藤夫は絶頂を迫らせ、ズンズンと小刻みに股間を突き上げた。

ただのフェラではなく、前にいる四人に気づかれないようにしている状況が、やけにスリル満点で快感が倍加していた。

明日香も気配を悟られないように顔を上下させ、清らかな唾液に濡れた口でスポスポと心地よい摩擦を繰り返してくれた。

藤夫は車の揺れに任せ、とうとう大きな快感に全身を貫かれてしまった。

「く……」

昇り詰めて小さく呻き、熱い大量のザーメンをドクンドクンと勢いよく美少女の口にほとばしらせた。

「ンン……」

喉の奥を直撃されながら、明日香も前に聞こえないよう小さく声を洩らし、噴出を受け止めてくれた。

明日香が噎《せ》せて咳き込まなくて良かったと思いながら、藤夫は快感に身を震わせて何度もキュッと肛門を引き締め、心置きなく美少女の口の中に最後の一滴まで出し尽くしていった。

彼が強ばりを解いてグッタリと力を抜くと、明日香も吸引と摩擦を止め、亀頭を含みながら口に溜まったザーメンをコクンと一息に飲み込んでくれた。

「あう……」

彼女の喉が鳴ると同時に口腔がキュッと締まり、藤夫は駄目押しの快感に小さく呻いた。

ようやく明日香もチュパッと口を離し、なおも幹をニギニギと刺激して余りをしごき、尿道口に脹《ふく》らむ白濁の雫まで、ペロペロと丁寧に舐め取ってくれたのだった。

藤夫は刺激され、ヒクヒクと過敏に幹を震わせて腰をよじった。

声を出すと気づかれるので、彼女の顔をやんわり引き離すと、明日香もやっと座り直し、可憐にチロリと舌なめずりした。

彼は満足げに萎えたペニスを下着の中にしまい、ズボンのファスナーを上げて身繕いすると、浅く腰掛けたまま明日香の胸に抱かれ、甘酸っぱい息を嗅ぎながら余韻を味わった。

ザーメンの匂いはなく、さっきと同じ可憐な果実臭の息で鼻腔を満たし、藤夫はこのまま車に揺られて眠りたくなってしまった。

まさか、車の中でまで射精出来るとは夢にも思わず、彼は美少女の温もりの中で荒い呼吸を整えた。

すると、明日香も目を閉じて、間もなく軽やかな寝息を立てはじめたので、藤夫も遠慮なく眠ることにしたのだった……。


——やがて都内に入る頃には、全員が目を覚ましていた。

そして渋滞もなく、百合香はいったんファミレスの駐車場に入って、皆で昼食を取った。

食事を終えると、また乗り込み、やがて車はスムーズに女子大前に着いた。

「じゃ、今日はミーティングを終えたら、大人しく帰って休むのよ。明日から、また学校での練習頑張りましょうね」

「はい、お疲れ様でした」

女子大生四人が降り、百合香に挨拶して学内に入っていった。もちろん藤夫も彼女たち個々とメールアドレスの交換をしているので、時間に余裕が出れば連絡してくることだろう。

彼は助手席に移り、また百合香は車をスタートさせた。

「編集部へ行くの？」

「いえ、それは明日にして、今日はアパートで取材レポートの整理をします」

「そう、じゃ送るわね」

百合香は言い、場所を訊いて彼のアパートまで行ってくれた。

「この辺りにコインパーキングあるかしら」

「ええ、アパートの脇にあります」

「じゃ、そこへ停《と》めて、少し上がっていってもいい？」

百合香が、生ぬるく甘ったるい匂いを揺らめかせて言う。どうやら二人きりになった途端、激しい淫気に見舞われはじめたようだ。

都内に戻っても、まだまだ彼の女性運は持続しているようである。

百合香は、車内で藤夫が自分の娘に口内発射したことなど夢にも思っていないだろう。

藤夫もまた、相手さえ替われればリセットされたように、淫気を満々にして勃起しはじめていた。

「あ、そこです。一階の右端ですので、開けて待っていますね」

藤夫は言い、彼女が駐車場に入れている間にアパートへ戻って鍵を開けた。

それほど散らかっていないが、窓だけ開けて空気を入れ換え、トイレは汚れていないか確認した。

万年床なので、枕にだけ洗濯済みのタオルを敷いた。

（さあ、新たな一歩だ。美熟女を堪能するぞ……！）

藤夫は胸と股間を膨らませて思った。何しろ、この部屋に女性が入るのは初めてのことなのだ。

やがて百合香がやって来たので彼は招き入れ、ドアを内側からカチリとロックしたのだった。

本書は書き下ろしです。

実業之日本社文庫　最新刊

あさのあつこ
風を繍《ぬ》う　針と剣　縫箔屋事件帖
剣才ある町娘と、刺繍職人を志す若侍。ふたりの人生が交差したとき殺人事件が――一気読み必至の時代青春ミステリーシリーズ第一弾！（解説・青木千恵）
あ12 2

梓 林太郎
反逆の山
拳銃を持った男が八ヶ岳へと逃亡。追跡が難航するなか、拳銃の男から捜査陣にある電話がかかってくる。犯人と捜査員の死闘を描く長編山岳ミステリー
あ3 13

安達 瑶
悪徳《ブラック》探偵　ドッキリしたいの
ブラックフィールド探偵事務所が芸能界に進出！　人気上昇中の所属アイドルに魔の手が……!?　エロスとユーモア満点の絶好調のシリーズ第五弾！
あ8 5

植田文博
99の羊と20000の殺人
寝たきりで入院中の息子の病名を調べてほしい――。凸凹コンビの元に、依頼が舞い込んだ。奇病の謎を追う、どんでん返し医療ミステリー。衝撃の真実とは!?
う6 1

風野真知雄
東京駅の歴史殺人事件　歴史探偵・月村弘平の事件簿
東京駅で連続殺人事件が起きた。二つの事件現場はかつて二人の首相が暗殺された場所だった。月村と恋人の刑事・夕湖が真相に迫る書下ろしミステリー！
か1 8

今野 敏
マル暴総監
史上〝最弱〟の刑事・甘糟が大ピンチ!?　殺人事件の捜査線上に浮かんだ男はまさかの……痛快〈マル暴〉シリーズ待望の第二弾！（解説・関口苑生）
こ2 13

実業之日本社文庫　最新刊

睦月影郎
美女アスリート淫ら合宿
童貞の藤夫は、女子大新体操部の合宿に雑用係として参加する。美熟女コーチ、４人の美女部員、賄い係の巨乳主婦との夢のような日々が待っていた！

む２11

木宮条太郎
水族館ガール6
派手なジャンプばかりがイルカライブじゃない──アクアパークのイルカ・ルンのおなかに小さな命が。出産に向けて前代未聞のプロジェクトが始まった！

も４６

山本幸久
あっぱれアヒルバス
外国人向けオタクツアーのガイドを担当したデコ。しかし最悪の通訳ガイド・本多のおかげでトラブルが続発で大騒動に…!? 笑いと感動を運ぶお仕事小説。

や２３

吉田雄亮
草同心江戸鏡
長屋の浪人にして免許皆伝の優男、裏の顔は!? 浅草は浅草寺に近い蛇骨長屋に住む草同心・秋月半九郎が江戸の悪を斬る！ 書下ろし時代人情サスペンス。

よ５４

浅田次郎、火坂雅志ほか／末國善己編
動乱！ 江戸城
泰平の世と言われた江戸２５０年。宿命を背負って困難と立ちむかった人々の生きざまを、浅田次郎、火坂雅志ほか豪華作家陣が描く傑作歴史・時代小説集。

ん２９

筒井康隆 原作
筒井漫画瀆本 壱
日本文学界の鬼才・筒井康隆の作品を、17名の漫画家が衝撃コミカライズ！ SF、スラップスティック、不条理……予測不能のツツイ世界!!（解説・藤田直哉）
ん７３

実業之日本社文庫 む211

美女《びじょ》アスリート淫《みだ》ら合宿《がっしゅく》

2019年8月15日　初版第1刷発行

著　者　睦月影郎《むつきかげろう》

発行者　岩野裕一
発行所　株式会社実業之日本社
〒107-0062　東京都港区南青山5-4-30
CoSTUME NATIONAL Aoyama Complex 2F
電話［編集］03(6809)0473［販売］03(6809)0495
ホームページ　http://www.j-n.co.jp/
DTP　ラッシュ
印刷所　大日本印刷株式会社
製本所　大日本印刷株式会社

フォーマットデザイン　鈴木正道（Suzuki Design）

ISBN978-4-408-55497-6（第二文芸）